徳間文庫

味なしクッキー

岸田るり子

徳間書店

目次

本文デザイン：bookwall

パリの壁

シャルル・ド・ゴール空港のターミナルAの自動扉から外に出た私は、タクシー乗り場の最後尾に並んだ。

腕時計を確認する。午後六時だ。ざっと計算すると、フランス時間で午前十時ということか。パスポートコントロールとバゲージの受け取りに二時間は費やしたことになる。

日本の夏ほどではないが、からっとしていながらも外気の温度はかなり高い。自分の腕時計の針をフランス時間に合わせた。

私は、ある男との取引のためにパリへ来た。相手にはあらかじめ、今日会いに行くことを連絡してある。案の定、拒否されることはなかった。

〈この取引には勝って見せる、絶対に〉

私は心の中で何度もそう繰り返した。

前に並んでいた夫婦らしい中年の男女がスーツケースをトランクに入れると、中型のタクシーに乗った。

次のタクシーは、最新のルノー・メガーヌだ。運転手はアラブ系らしい浅黒い肌と彫りの深い顔をしている。この国は今や四〇パーセントがイスラム教徒だと言われているのだから、特に珍しいことではない。私は荷物を運転手に渡すと後部ドアを開けてシートに座った。

「トゥーアン通り四番地」

手帳に書いた住所を運転手に告げた。取引相手の男は十年前に日本を離れ、ずっとパリに潜伏していた。いや、本当に十年前なのか。実際に彼がいつこの街へ来たのか、正確なところは知らない。

運転手は、アクセルを踏んで走り出すと、パリ行きの高速道路A1／E19へ滑り込んだ。フランスの多くのメインルート同様、四つの車線を有する幅広い道路だ。運転手が前の車との車間距離を空けない上に小型車には限界ともいえる百キロは優に超すスピードで走りだしたのに私は閉口し、ブレーキを踏むように右足に力が入った。

かつてパリに留学していた頃、パリ−シャルル・ド・ゴール空港間のこの高速は、知人の送迎などでよく走った。当時の私もこんなふうにスピードを出していたのだが、日本の安全運転に慣れた今では、体がついていかなかった。

サンドゥニを過ぎて、パリを一周する幹線道路を西向きに四分の一ほど走って、やっと地上に出たところで、石作りのアパルトマンの並ぶパリらしい風景が視界に飛び込んできた。パリは相も変わらずパリのままだ。めまぐるしいほど変化の早い日本と対照的に、歴史的建造物が変わることなく堂々とそびえている。古い容姿をいつまでも優雅に保っているのがこの街だ。懐かしい景色にふっと心が和んだ。変化しないということにほっとさせられるのは年のせいだろうか。

ルノーは、凱旋門のロータリーに殆《ほとん》どブレーキを踏まずに突入していく。

シャンゼリゼ通りからアンヴァリッドを抜けて、セーヌ川沿いの道を疾走し始めた時、時計を確認する。十一時三十分。今日は日曜日だから、この時間だったら教会にでも行っていない限り、家族は全員家にいるだろう。

私は携帯を鞄《かばん》の中から取り出し、番号を押す。

何度か呼び出し音が鳴った後に「アロー」と女の声がした。

「もしもし、香田由美《こうだゆみ》といいます。ご主人は？」

香田由美というのは、彼に連絡する時に使った偽名だった。

「ちょっと待ってください。今、主人を呼んできますから」

イントネーションのおかしいところはあるが流暢《りゅうちょう》な日本語だ。調査によると、彼の内縁の妻、フランソワーズはパリ大学日本語学科卒、今は同大学で日本語の教師をしている。

「はい、もしもし」

今度は聞き慣れない男の声がした。

「青木《あおき》さんですか？　香田です」

「あなたはいったい……」

何をしにパリまで来たのか、と言いたいのだろう。日本から彼に電話で「あなたの秘密は知っています。ばらされたくなかったら、お会いして話しましょう。取引しましょう」と伝えておいたのだ。

「今からお宅にお邪魔します」

「私の秘密とはいったいなんのことです？　突然、来られても困ります」

私が何をいったいどこまで知っているのか、それが彼の最大の関心事だろう。

「でしたら、あなたの居場所をマスコミに教えますよ？　引っ越しても無駄です。あなたは、こちらで居住権と労働許可証までちゃっかり取得して仕事をしていますね。ですから、日本のマスコミがあなたを追いかけ回したら、あなたの平穏な日々はいっぺんに壊れてしまうでしょう。今はまだ、私以外の誰も、あなたがパリにいることを知らないけれど」

彼は不敵な笑い声を放った。

「日本のマスコミが、今の私に何ができるというんですか。そんなものにつけ回されたって、どうってことはない。こっちは個人のプライバシーに干渉しない国なんですよ」

「あなたは犯罪者です」

きっぱりとそう言うと、私は唾を飲み込み、じっくり彼の反応をうかがった。しばらくの沈黙の後に彼は答えた。

「あれは冤罪《えんざい》だ。現に私はこうして自由の身じゃないですか」

そっちの事件のことを言っているのか。私はそう思ったがあえて正さないことにした。

「でも、あなたの名前は新聞に大々的に出てしまった」

青木は、都内で一、二を争う某有名進学校の教師だった。女生徒が覚醒剤所持で補導され、その入手元を青木だと警察に証言したため、青木が罪に問われた。新聞に名前が出て、家宅捜索で証拠は出ずに釈放されたものの、学校にいられなくなり、自主退職を余儀なくさせられたのだ。

日本のマスコミの怖さを痛いほど知っている男だ。

「マスコミにはひどい目にあわされました。まだ犯人と断定したわけでもない人間の名前を公表して血祭りにあげて」

「確かに、青木さん……あなたは理不尽な目にあいました。あれが冤罪だとしたらですが」

低いため息がもれ聞こえてきた。

「まあ、あなたに愚痴っても仕方のないことです。ところで、あなたはどうして私がパリにいることを？　何をしにここへ？　どこかで以前、お逢《あ》いしたことがありましたか？」

「いいえ」

私は彼を安心させるためにきっぱりとそう言ってから、続けた。

「あなたに逢ったことなど一度もありませんよ」

遠目に見かけたことはあるが、と心の中で付け足した。車は橋を渡り、左岸に乗り込むと、サンジェルマン通りを東向きに走っていく。青木の住まいは五区だから、まもなくだ。

「今からそちらに向かいます。よろしいですね？」

「強引な……。外で会いましょう」

「お宅に行く必要があるのです」

「家族がいるんです」

「ええ、わかっています。だからこそ、お邪魔したいのです。確認させていただきたいの」

「家族におかしなことを言われたりしては……」

「ご心配なく。ご家族を傷つけるようなことは絶対にしませんから」

しばらく迷っているのか受話器の向こうは沈黙していたが、突然、投げやりな返事が返ってきた。

「では、ご自由に」

もしかしたら、彼は私の狙いに気づいているのだろうか。だとしたら、いったいどこまでか、と思考を巡らせたが、とりあえず話をしてみないことにはわからない。

今、ここで逢うことを拒否しても、住所を知られている以上仕方がない、アパルトマンの前で待ち伏せされるのがおちと、あきらめたのだろう。

「扉に暗証番号はありますか？」

「6223Dです」

私はメモ帳に番号を書き写した。モンジュ通りを南下していったところにトゥーアン通りがあった。

私はタクシーを降りると、目で番地を追い、四番地の重厚な扉の前に立った。暗証番号用のパネルが扉の横の壁に設置されている。

パリの街では、まず一番外側の扉のこの暗証番号を知っていないと建物の中に入れない。郵便物の配達などに不便なことだが、日本と違い、窃盗などの犯罪が多い街なので、厳重にしておく必要があるのだ。

私は、青木から教えられた「６２２３Ｄ」を押した。

ガチャリと開錠音がしたので、扉を押して入った。中には各部屋の住人の名前入りの郵便受けがある。ここからが、いわゆる日本のオートロック形式の入り口ということになる。住人に連絡して開錠してもらい、もう一つのガラスドアを抜けてやっとエレベーターまでたどり着けるのだ。

壁にあるボタンを押して明かりをつけると、郵便受けを一つ一つ確かめて、ＡＯＫＩという名前を捜したが見つからなかった。彼の内縁の妻の名字は、たしか、デュボワ。もう一度目を走らすとDuboisが見つかった。３０２号室だ。

私は、軽く深呼吸をし、気持ちを落ち着かせてから、ボタンを押した。

「アロー」

さきほどの男、青木の声だ。

「香田です」

ジリジリという音が二番目のガラスドアのところから聞こえてきた。ノブを持って内側に開けた。

右手にあるエレベーターのボタンを押そうとすると、いきなり二人の少女が飛び出してきた。十二、三歳の東洋人。私は一目でそれが誰なのかわかった。

「青木さんの娘さん？」

「はい、そうです」

「順子《じゅんこ》ちゃんね、私はあなたのお父さんに会いに来たんですけど」

「ボンジュール」

綺麗な発音でそう言いながら少女は、私に手をさしのべた。私は、それに応じながら、じっと、少女の顔を見つめた。

私の視線が執拗《しつよう》だったのか、彼女は、戸惑い気味に視線をそらし、手をひっ込めた。

私は自分が少女の手を強く握りしめていたことに気づいた。もう一人の少女、恐らく順子の妹にも手をさしのべた。

「亜弓《あゆみ》ちゃんね？」

亜弓は警戒心をあらわにしながらも、握手してきた。私は、彼女の手をしっかりと握りしめた。

一歳下の少女、亜弓は、順子とたいしてからだの大きさが変わらなかった。細くて切れ長な目、少しふっくらとした顔、まるで双子みたいによく似ている。

亜弓と握手してから、私は学校は楽しいか？　と日本語で尋ねた。

彼女たちは私の日本語を理解し、それに日本語で応じるが、話しているうちにフランス語になったり、日本語に戻ったりした。

二人はフランスにすっかりとけ込んでいる様子で、順子はこれから彼氏とデート、亜弓は友達の家で一緒に宿題するからと、二人肩を並べて出ていった。

私は黙って少女たちを見送っていたが、表扉から二人の姿が消えてしまうと、エレベーターに乗り込んだ。三階まで行き、右手の扉にデュボワの表札を見つけ、ベルを鳴らす。日本人の中年男が顔を出した。細身で色黒、眼鏡越しの鋭い視線が私を見据えていたが、招かれて中に入った。

「奥さんは？」

「買い物に出かけました。妻は関係ないでしょう」

「そうですね」

青木は、私が来ると知って、娘たちのことも、さっさとここから追い払ったのだろう。青木と二人きりの状況に落胆を覚え、気分を紛らわそうとリビングから外の景色を見た。草木の生えた庭の向こうには、大きな石の壁がそびえている。

「ずいぶん立派な壁ですね」

「十二世紀末から十三世紀初め、国王フィリップ二世、尊厳王の時代に築かれたパリで二番めに古い城壁ですよ。当時、ノルマンディー地方を支配していたイギリスの侵入に備えるためにパリを囲んでいた壁の一部がこれです」

「そんなものがこんなところに？　驚きですね」

「当時、ここはパリの外だったのです。あの壁の向こう側がパリ」

「こんな中心街がパリの外だなんて」

歴史にあまり興味のない私は、それでも、目の前の壁の年代に驚愕した。

「十二世紀の壁……」

「あなたもご存じのように、パリは街そのものが歴史的建造物の集合体。古いものを大切にするいい街です」

「過去を捨ててここに来られた方から、そんなことを聞くなんて」

私は皮肉な口調でそう言いながら青木の反応をうかがった。

「自分の過去はともかく、歴史は大切ですよ。それと自由。この街には自由がある。日本のあの息苦しいまでのしがらみ、あれから解放されただけでも私はここへ来てよかったと思っています」

「単なる逃避でしょう。あなたは逃げて、それですんだかもしれませんが、いきなり異国に連れてこられたお子さんたちはどうなんです？」

「一長一短でしょう。娘たちもすっかりこの国になじんでいるのです」

私は唇を嚙《か》んだ。確かに、あの二人、順子も亜弓も、今更、日本の中学校へ入っても到底なじむことなどできないだろう。この国に数年間留学したことのある私ですら、日本の社会になじむのは至難の業だったのだ。

「とにかく座って。コーヒーでも入れますから」

私にテーブルにつくように促すと、青木はキッチンに消えた。

数分後に彼は、小さなカップにコーヒーを二つ、盆に載せて持ってきた。

「まめなんですね。昔のあなたは、自分でお茶も入れなかった、と奥さんの高木小夜理《たかぎさより》さんから聞いていますよ」

「その言い方だと、まるで彼女が献身的な妻だったみたいに聞こえるじゃないですか。まあ、外面《そとづら》だけはいい女でしたけれど」

彼はそう言いながら、まじまじと私の顔を見た。

私はなぜか笑えてきた。

「何がおかしい？　まあ、過去のつまらない話はさておき、本題に入りましょう。いったいあんたは、なんのためにここへ来たんですか？　目的はなんです？」

私は用心深く、沈黙した。

「小夜理に調査を依頼されて来たんでしょう?」

　青木はタバコに火をつけながらちらっと盗み見るように私を見た。ライターをつける手が震えている。

「ええ、そうです。十年前、あなたは覚せい剤取締法違反で逮捕され、奥さんと離婚することになった」

「小夜理には元々好きな男がいたんだ。あいつの方が離婚したがっていた。私が冤罪で逮捕されたのをいいことに、あの女は私と子供たちを捨ててさっさと出て行ってしまった」

「子供を引き取ることを望んでいたはずよ」

「あの女は、男の方が子供より大事だった。そんな女が、娘たちを育てるのに相応《ふさわ》しいと思うのか?」

「お姑《しゅうとめ》さんにいびられて、苦労していたんです。嫁姑の諍《いさか》いが絶えなくて、それが子供たちに悪影響を及ぼしたのです。二人の娘は、幼児期、情緒不安定だった」

「まるで、見てきたような言い方だな」

　こちらを見透かしたような目をした。

「小夜理さんから聞きました。チック症や夜尿症などさまざまな問題が出ていたとか」

　こんなふうに異国に来ては、なおさら情緒不安定になっているはずだ、と、私は言いたかった。先ほどの二人の様子からはうかがえなかったが、心の奥底のゆがみのようなものを私はぼんやりと空想した。

「しかし、娘たちは幸せにやっている」

男は勝ち誇ったように言った。

窓の外に視線を移すと、フィリップ二世時代の城壁が目に入ってきた。突然、この地に連れてこられた根無し草のようなあの二人の娘たちも、この歴史的建造物によってしっかり支えられているというのだろうか。

いや、しかし、この男は信用してはいけない。断じて気を許してはいけない相手だ。

「何が望みだ？」

「あの二人を日本へ連れて帰ることです」

それが私の最初からの目的だった。

「小夜理の目的はそれか？　二人はそんなこと承知しないさ。いやがるのに連れて帰るとでも？」

「いいですか、あなたに、あの子たちを育てる権利はないのです」

「なにを言っているんだ、親権はこの私にある。あの二人はこっちの学校を卒業して、やりたいこともいろいろあるはずだ。二人の少女の人生をめちゃくちゃにするつもりか」

「日本にだってフランス人学校はあります」

「娘たちは今のままで満足している。クラスにもとけ込んでいて、ボーイフレンドもいる。今、連れて帰れば、小夜理はあの二人に一生恨まれることになる」

「…………」

「要するに、私から娘たちを奪いたい、それが小夜理の狙いか？」

「あなたは、二人を育てるのには不適切な人間なのです」

　私はきっぱりと言った。

「どう不適切だというんだ？」

「あなたは青木さんではない……」

「それはいったい……」

「青木さんとは別人だということです」

　男の目の芯に怒りの炎が燃え上がった。突然、殺気だった雰囲気が居間中を支配した。

「何が言いたいんだ？」

　男の声は怒りで震えていた。

「あなたは小夜理さんから渡された写真の青木孝一《こういち》さんとは別人、ということです」

　そこで男は初めて私の言わんとすることに気づいたようだった。

「わかっていたのか？」

「ええ。あなたが偽物だということは」

少し間をおいてから、私は言った。

男は、口をゆがめて笑おうとしたが、頰《ほお》が引きつっただけだった。

私は続けた。

「いったい、何が目当てだったんです？　母親から送金されるお金、ですか？」

彼は返事をせずに、もう一本タバコを吸い始めた。

「青木孝一は、亡くなっていますね。三年前に」

確認するように私は言った。ここで男にはっきりと白状させなくてはいけない。

「ああ、彼は死んだ」

男はぽつりとそう言った。

「あなたが殺したのですね？」

「だとしたら？」

すごみのある声だった。私は身震いしたが、必死で冷静さを取り戻すと、答えた。

「あんな男のことはどうでもいいのです。問題は、あの子たちが、自分の父親のふりをしている犯罪者と一緒に暮らしているということです」

「ちょっと待ってくれ。青木とのいきさつを話そう。彼は殺されたのではない。事故で死んだんだ」

それは嘘《うそ》だ。しかし、どんな作り話をするのかと、私は黙って男の話に耳を傾けた。

男は、大学二年の時、ふらっとパリへ遊びに来た。それから、すっかりこの街が気に入ってしまい、一年留年するつもりで住み着いた。ところが、一年も暮らすと、この国の自由に慣れてしまい、日本に帰って大学を卒業し、サラリーマンのレールに乗る窮屈な生活がどうしても耐えられなくなった。そこで、日本人の観光客相手に通訳などしながら、ずるずると不法滞在していたのだ。

小夜理の夫、青木孝一と出会ったのは、彼がパリに来たばかりの時、通訳として住まいの手配をしたのがきっかけだった。

彼は、二歳と三歳の女の子を連れていた。ある事情から職を失い、マスコミに追われ、子供たちを連れてパリへ来たと彼は告白した。そんな事情だったら、せいぜい数カ月もしたら、帰るだろうと思っていた。ところが、彼はパリがすっかり気に入り、帰ろうとしない。経済的にどうしているのかと思えば、実家が土地持ちで、おまけに一人息子なので、いくらでも仕送りがしてもらえるという。母親は、彼がパリで暮らすことを応援してくれているらしいのだ。

その話を聞いた彼は、青木と親しくするように努めた。フランス語がまったくできない青木は彼に頼りきるようになったので、金に困っていた彼は、青木にいろいろ便宜を働く代わりに、彼のアパルトマンに居候《いそうろう》することにした。男は半ば青木の金で生活しているようなものだった。

「そうこうしているうちに、青木はひき逃げ事故にあい、亡くなった」

「なるほど、それであなたは青木になりすますことにした」

「ああ、そうだ」

青木がひき逃げされた現場に居合わせた男は、青木の身分証明書のたぐいの入った鞄を奪って、その場を去った。それ以降、幸い背格好が似ているので、男は青木になりすました。

「それで、娘たちは？」

「ヴァカンスでキャンプに行っていたあの子たちが帰ってきた時に、青木はしばらく長旅に出たから、父親に頼まれたことにして、彼が帰ってくるのを三人で待とう、と説得したんだ。幸い、私を父親のように慕って、すごくなついてくれている。私たちは、青木がいなくなった後も、三人で仲良く暮らしてきたんだよ。二年前にフランソワーズと同棲するようになってからは、彼女のことも母親のように慕ってくれている」

パスポートの写真が違うことが気になり、紛失届を警察に出し、日本大使館で、再発行してもらった。大使館では、パスポートを再発行する際、家族に問い合わせをする。前もって紛失のことを手紙で伝えておいたので、青木の母親は何の疑いもなく身分を保障してくれ、すぐに戸籍謄本を送ってくれた。男は自分の写真の入ったパスポートの再発行に手間取ることはなかった。

偽青木は、青木の筆跡を真似て、母親へ仕送りの催促の手紙を娘たちの成長の写真と一緒に送り続けた。

どこの世界でも金で買えないものはなかった。偽青木はうまくフランスの居住権と労働許可証を取得した。

それから青木になりすまし、こちらで日本人向けのマンションを短期賃貸する不動産会社を立ち上げ、そこそこ成功した。

私は話を聞き終わって、しばらく頭を整理するため、窓の向こうの石の壁を眺めていた。

「では、青木は？」

「身元がわからないまま、死体安置場に放置されているか、あるいは、どこかの墓に身元不明のまま眠っているだろうね。ここはパリだ。不法入国して滞在している外国人だったら山ほどいる。ひき逃げされようが、殺されようが、いちいちそんなやつの身元を突き止めている暇なんか警察にはない」

「まったくこの国ときたら」

「確かに、日本では考えられない。日本のように島国で、しかも共同体を重んじる国でなくては、警察の検挙率もああ高くはならない。その代わりに互いに些細《ささい》なことで干渉し合い、自由がない。何かの容疑で新聞に載ってしまえば、たとえそれが間違いであっても、共同体からはじき飛ばされて、つぶしのきかない人生になる。どっちを選ぶかは、好みの問題だ」

「どうして、青木が死んだ時点で、子供たちだけでも、日本に帰さなかったのですか？」

三年前だったら、まだ、あの子たちだって……」

「日本の社会になじめた、そう言いたいのかね」

「ええ、そうよ。九歳の壁ってご存じ？　九歳までにその国の教育を受けていれば、正しい言葉が操れるようになるし、その国のメンタリティーを確立することができるのよ。三年前だったら、まだ、間に合ったのに……」

話しているうちに、目の前の男に対する憎しみは増していった。青木になりすまして、彼の母親から金を奪い続けている薄汚《うすぎたな》い男に。

「あの子たちのことを思ってのことだよ。あんな国に帰るのは、可哀想だ」

男の口元に浮かんだ皮肉な笑みが我慢ならず、私は、言い返した。

「あの子たちのことを思ってですって？　この期《ご》に及んで、善人ぶるのはやめて。そんなことを信じるほど、私が単純だと思っているの。あなたは、青木の母親の仕送りが目当てなだけでしょう。娘たちの成長を楯《たて》に、とことん、吸い取ってやるつもりなのね」

「事業もそこそこ軌道にのっているので、そこまで頼っちゃいないよ」

「私が今話したことを警察にぶちまければ、あなたは、不法滞在、身分詐称で日本に強制送還されるわよ」

「私たちの生活をぶちこわすつもりなのか？　あの子たちはどうなると思う？」

男はすごみのある低い声で言った。

「父親に取って代わった偽物といるのよ、あの子たちは」

「私が青木の友人だったことは知っているから信頼してくれているよ。ずっと同居人だったんだから」

「財産を奪うつもりなのね」

「財産？　やはりそのことか。青木の母親は今どうしているんです？　最近、手紙が来ないから心配していたんだ」

「癌で、入院しています」

「余命幾ばくもない、ということか。そして、そのすべての財産は、あの子たちのところへ行く。なるほど、最初からあんたはそれが狙いなんだな。それで焦っているんだ」

「狙い？　私が？　狙っているのはあなたでしょう」

しばらくにらみ合いが続いた。

「狙っているのはあんただ、小夜理さん」

突然男は吐き出すように言った。私は返事をしなかった。

「あんたが青木の女房だということは、最初からわかっていたよ」

「知っていてとぼけていたというの」

「ああ、あんたがとぼけていたからな」

「小夜理だと言ったら、あなたは警戒して逢ってはくれなかったでしょう。でも、どうして私のことがわかったの？」

「写真で知っていたよ」

「嘘よ。青木が私の写真を持っているはずがないわ」

「確かに、彼はあんたのことが嫌いだった。姑と折り合いが悪く、子供の面倒もろくに見ず、男と遊び歩いていた。あの子たちが情緒不安定でチックになったのは、あんたが母親としての役目をちゃんと果たしていなかったからだと彼は言ってたよ。結局、彼に覚醒剤所持の容疑がかかると、さっさと好きな男と逃げてしまった」

「それは青木が自分の都合のいいように作った話よ。写真も持っていないのに、私が小夜理だとなぜわかったの？」

「隠せると思うほうがおかしい。あんたは娘たちに瓜二つだよ。よく青木が言ってたよ。娘の顔を見るとあの女のことを思い出すのが悔しい、と憎々しげにね。幸い、性根はまったく似ていない。優しい子たちでよかった、とも」

「そう。そんなことを言っていたの」

そんな虚勢を張っていたのか、と私は内心思った。私の気持ちを察したかのように男は言った。

「しかし、皮肉なものだ。彼は本当はあんたのことが好きだった。可愛さ余って憎さ百倍というやつさ。だから、あんたが昔、留学したことのあるこの地へやって来た。そうやって、あんたを凌駕《りょうが》しようとしたんだ。娘たちはあんたよりフランス語が流暢になったと言って、それで、まるであんたに勝ったみたいに嬉しそうにしていたよ。まったく、子供っぽいやつだった」

そう言うと、男は低い声で笑いだした。男の笑い声は私には耳障りなだけだった。そんなことは、どうでもいい話だ。

「私はあの子たちの母親です。日本に連れて帰る権利があるわ。もし、どうしても反対するというのなら、あなたが本物の青木でないことを警察に知らせますよ。年老いた姑はだませても、世間は欺《あざむ》けません。昔の青木を知っている人たちにあなたの写真を見せればいっぺんにばれることです」

「なるほど、そうくるわけか。なら言うが、青木は事故で亡くなったのではない。彼は殺されたんだ」

そんなことは最初からわかっていた。私は平然と彼を見据えて言った。

「あなたが殺したのね」

「ちがう。何者かに殺されたんだ。前に住んでいた十三区のアパルトマンでだ。ナイフで心臓を一突き。私がヴァカンスでイタリアへ行っている間に。今から思えば、部屋であんなふうに殺されるのは、よっぽど、その犯人に油断していたからだろう」

「遺体はどうしたんです？」

「私が処分した。ブルターニュの海まで運んで沈めたんだ。いまだに見つかっていない。さっきも言った通り、娘たちはコロニー・ド・ヴァカンスという、子供たちだけで行く夏休みの旅行に参加していたから、彼が死んだことは知らない。いつか帰ってくるから、それまでの間、私が彼の代わりをする。そう言ってある」

「そんなことで納得したというの？」

「元々、父親が二人いるような環境だったから、彼女たちはすぐに納得してくれた。だから、彼が死んだことを知っているのはこの私だけだ。なのに……」

男は突然黙り込み、しきりに頭を整理している様子だった。

「もう一度確認させてくれ。三年前なら……とあんたは言った」

そのまま彼の言葉はとぎれた。彼は、何を言わんとしているのだろうか。少し気持ちがぐらついたが、私はなんとか持ち直して反論した。

「殺された、というのはあなたが言ったのよ。最初は事故と言って、次は殺された、と。私は、あなたが彼に取って代わったとそう言っただけよ。それがどうしたというの？」

「いや、そんなことじゃない。彼が死んだ時期のことだ。たしか、三年前とあんたは言った。私はそんなことは一言も言っていないのに」

注意深く確認するような口調だ。

「それはあなたがそう言ったからよ」

「いや、私はそんなことは言っていない。それなのに娘たちの年齢まで持ち出して九歳の壁うんぬんと言い出した。あのとき私は、もうあれから三年がたったのか、と思ったんだ。あんたはなぜ彼が死んだのが三年前だと知ってるんだ？」

「それはつまり……」

私はしどろもどろになった。コーヒーを飲み干すと、バッグからタバコを取り出し、彼が机に置いたライターで火をつけた。

「あんたが殺したんだな？」

男が言った。

目の前の空気がぐらりとゆれたような気がした。

私はタバコをゆっくりと吸うと、煙を吐きだし、男の次の言葉を待った。

「あんたは、三年前、青木を訪ねた。そして、計画どおり彼を殺した。姑の財産が目当てだ。ところが、死んだはずの青木が相変わらず、母親に手紙を書き、仕送りしてもらっていると気づき、変だと思って、調べた。そして、私が青木になりすましていることを突き止めたんだ」

「あなたが青木の名前をかたっていることを調べたというのは、その通りよ。姑から相談を受けたからよ。でも、私が彼を殺したなんて言いがかりよ」

「お姑さんはあんたのことを憎んでいた。手紙にもあんたに対する恨み言ばかり書いてあったよ。あんたに相談なんてするものか。それに、私は彼の死体を完璧に処分したのだ。彼がいつどこでどんなふうに殺されたのかは、誰も知らないはずだ。彼が三年前に死んだことを知っているのは、この世でたった二人。私と彼を殺した犯人だけだ。つまり私とあんた。おわかりかな」

　私は男の目を見つめた。しばらくにらみ合いが続いた。勝負は五分五分だと思った。

「その通り、私が彼を殺したのよ」

　私はあっさり認めてから続けた。

「でも、計画的にではなかった。三年前、私は、青木を訪ねてきました。殺すつもりなんかなかった。あんな事件に巻き込まれながら、パリで悠々自適の生活をしていると噂《うわさ》に聞いていたので、金銭的な援助を頼もうと思ったの。彼に会いに来てみると、『他に男を作って出ていったくせに』と淫売《いんばい》よばわりされたのよ。元々、夫の封建的なところになじめなかった。姑にいびられていたのに、彼は私を助けてくれなかった。精神的逃げ場を失い、他の男に頼らざるをえなかったのだと、私は訴えた。すると、夫は、『私は娘たちと幸せに暮らしている。おまえは一人で惨めな人生を送ればいいのだ』と言って私を笑いものにしたのよ。私の不幸が夫にはいかにも楽しそうだった。だから、私は、彼の部屋にあった果物ナイフで、衝動的に彼の心臓を刺してしまったの」

　彼が死んだことを確信した私は、アパルトマンから飛び出した。そして、向かいのホテルに部屋を取って、娘たちの帰りを待った。その晩も次の晩も娘たちは帰ってこなかった。

それから二日後、娘たちより先に、見知らぬ男が、青木の遺体のある部屋へ帰ってきた。私はホテルから部屋の様子をうかがうことにした。男は何食わぬ顔で青木の部屋で暮らしている。そうこうしているうちに、ヴァカンスだったらしい娘たちも帰ってきて、何事もなく男と生活している。どうやら男は青木の同居人で、娘たちも慣れているようだ。

それにしても、青木の遺体はどうなったのだろう。消えてしまったのだろうか、いや、そんなはずはない。遺体は男が処理したのだろう。男の前に姿を現わすのはまずいと思い、私は、とりあえず帰国することにした。

幸い、私がパリへ来たことは誰も知らない。そのまま日本で夫が死んだという知らせが自分の耳に届くのを待っていた。ところが待てど暮らせど、そんな知らせは来なかったのだ。

「なるほど、逆上して殺したというわけか」

「そうよ。殺すつもりなんかなかったのに……」

そう言うと、私は、ハンカチをバッグの中から取り出し、目に当てた。ひとしきり鼻をすすってから、涙声で言った。

「ひどいことをしたと、後悔はしているのよ」

ところが、男は鼻でせせら笑い始めた。

「そんなクサい芝居で私をだませるとでも思ってるのか？　彼はなぜ、娘たちとパリへ来たか知っているのか？　本当は、あんたのことを愛していたんだ。あんたが男と別れて戻ってきてくれるのをこの地で待っていた。ここでだったら、もう一度やり直せる、そんな一縷《いちる》の希望を抱いていたんだよ」

「私のことを憎んでいたと言ったじゃないの」

「忘れられなかった。どうしても忘れられないから憎んでいたんだ。あんたが戻ってきてくれることを夢想しながら、憎んでいたのさ。そんな彼が、訪ねてきたあんたを笑いものにするはずがない。青木はあんたとの再会を喜んで、一夜を共にした。それなのに、寝ているうちに、あんたに殺されたんだ」

「どこにそんな証拠があるの？」

「私はここへ戻ってきて、彼の死体を見たんだ。胸のシャツのボタンは全部はだけていて、肌も露わだった。そして、ナイフが刺さっていた」

「確かに彼はシャツの前ボタンをはずして胸をはだけていたわ。真夏の暑いさなかだったからよ」

「そんな恰好で、人を迎えるというのかね？」

「私は元妻だったのよ。彼がそんな恰好で出迎えても不思議ではないわ」

男はまるで私を信用していない様子で、薄笑いを口元に浮かべた。

「胸のシャツのボタンはそれでよしとしよう」

男は立ち上がると、窓の隣にある棚の方へ向かった。引き出しを開けて茶色の封筒を手に持ってこっちに戻ってきた。

「彼が殺されたときの写真だ」

男は、机の上に写真をずらっと十枚ほど並べた。ズボンをはいた状態、脱がせた状態、ありとあらゆる角度から青木の死体の写真が撮影されている。

私は思わず目をそむけた。

「問題は、このブリーフとズボンだ。血液がブリーフの中にまで入っていて、陰毛にまでこの通り、ほら、こびりついていた。それなのにズボンの表面に血痕はなかった。さあ、この写真を見るんだ」

そう言うと、彼は、青木がズボンをはいて倒れている状態の写真を指さしてから続けた。

「つまり彼は刺されたとき、丸裸だったということだ。彼はブリーフもはかない姿であんたを出迎えたというのかな？　いくら元妻でもそれはない。彼を訪ねたあんたは、色仕掛けで彼を誘惑した。元々よりを戻したがっていた彼はあんたの甘い誘いにいちころだった。彼と一夜を過ごしたあんたは、油断して眠りについた彼の心臓を一突きにして殺した。そして、裸で殺されていたのではまずいと思い、シャツとブリーフとズボンをはかせて立ち去った」

「それがわかっていてあなたは死体を処分して、彼になりすましたの？　姑の仕送りが目当てだったのね」

「それだけじゃない。犯人は多分、あんただと思っていたから、こうしてあんたが訪ねてくるのを待っていたんだ」

「どういうこと？」

　私は彼の真意を測りかねて聞き返した。

「青木になりすましていれば、あんたはいずれ不審に思い、ここへ訪ねてくるだろうと思ったんだ。そうすれば、お互いに過去のことをご破算にしてもいい、と考えたわけさ」

　男はにやりと笑った。なるほど、男の狙いがやっと読めた。

「確かに、もう過去のことよ」

　私は同意した。

「さすが、頭の切り替えの早い人だ」

「姑はもうすぐ亡くなるでしょうね。姑の遺産の相続人は青木。帰国して、あなたが彼の代わりに相続するわけにはいかないわよね」

「偽物だと気づかれてしまう」

ここで、私は彼の表情を探った。もう互いに敵《かたき》同士ではない。共犯者の視線を交わしたことを確認してから、私は続けた。

「委任状を私に預けてくれれば、日本での相続の処理はすべて私があなたに代わってやってあげるわよ」

その代わりに利益は折半、ということは言うまでもないだろう。

「悪くない。それには、私たちは一時的にでも、よりを戻した方がやりやすいのではないかな？」

「よりを戻す、ですって？」

「別れた妻と再婚する、つまり元のさやに戻るんだよ。別に珍しいことではないだろう」

そう言うと、男は私の手を取った。確かに、私が青木の妻であった方が日本での相続の手続きはやりやすいだろう。

今日、初めて話した男と私は結婚することになるのか。そう思うと、ぞくりと背筋に悪《お》寒《かん》が走った。

ねっとりと汗ばんだ男の手に引かれて、私は男が歩いていく方へ続いた。私たちは、窓に並んで立った。

「歴史を振り返ってみればよくわかることだ。人類は、政略結婚で他勢力と結びつき、他国を侵略し、土地や財産を奪ったものが勝者となる。その功績だけが歴史に刻まれることになる。そのために手段を選ばない者たちだけが」

男は私の肩に両手をかけて耳元でそう囁《ささや》いた。私は真正面のフィリップ二世の城壁を見てから、勝者という言葉を頭の中で繰り返し、男に一瞥《いちべつ》を送ると、にっこり微笑《ほほえ》んだ。

決して忘れられない夜

何事にも終わりはある。それを察するタイミングがほんの少し悪かったこと、そのことであなたをいらだたせてしまったことは認めるわ。小さな失敗、些細な感情の行き違い、それがこんなふうに取り返しのつかないことになるなんて、予想もしないことだった。だからって、あなたにいつまでも未練を残すのだけは避けたい。そんなことしたって惨めになるだけだし、あなただって迷惑でしょう？

今日、私はそうした失敗をすべて挽回し、潔《いさぎよ》くあなたと別れるつもりでここへ来たの。これ以上尾を引くようなことは絶対にしないから安心してちょうだい。

彼の部屋の前に立つと、もう一度、今日ですべては終わりなのだと心の中で私はかたく誓った。右手に掲げた紙袋とバスケットをいったん地べたに置くと鞄の内ポケットのジッパーを開けて鍵を取り出した。名残《なごり》惜しいけれど、この鍵とも今日でお別れね。

あなたの望みどおりの料理を作り、それを最後の晩餐のひとときとして私の心に刻む。いや、そうじゃない。私の心にではなく、あなたの心に刻むの。そのために、講習料の高い料理教室へ一カ月間も通ったのですもの。すべてはあなたの望みをかなえ、私のことを決して忘れさせない、そんな夜にするために。そして、私は郷里の新潟へ帰ってもう一度人生をやり直すことにしたの。

部屋に入ると、ソファの上でクロミが後足を奔放《ほんぽう》に投げ出して毛繕《けづくろ》いをしていた。クロミは彼の飼い猫で、その名の通りつややかな黒い毛並みが際立っている。当人もそれが自慢らしく、まるで私への当てつけみたいに始終あのざらざらした気味の悪い舌で自分の毛をなめ回しているのだ。

こちらの気配に感づくと、そのままの姿勢で食い入るようにこちらを見つめた。めいっぱい見開かれた目にこの種の動物特有のどう猛な光が宿っている。

クロミはこちらの出方をうかがいながら硬直している。一歩足を前に踏み出すと、くるりと立ち上がり、毛を逆立てて、「ふーっ!」と激しく威嚇した。

いつものことながら、あなたの溺愛《できあい》するこの猫ときたら、本当にかわいくない。まるで私が恋敵《こいがたき》みたいな態度じゃないの。猫がライバルだなんて情けないけれど、負けを認めざるをえないわね。感情的になってどうするの。よけい惨めになるだけじゃない。

それにしても、こちらを見るときの斜交《はすか》いで敵意に満ちたあの目つきときたら、京女でもこんなイヤミな顔をする人がいるかしら。おかげで私はこの土地の人間だけじゃなくて、猫まで嫌いになってしまったのよ。

クロミはソファの後ろにある本棚のてっぺんにぽんとジャンプして、そこにあるダンボール箱を器用に前足で開けると中に入った。飼い主の彼に言わせると、お客が来た時は、いつもあの箱の中に逃げ込むらしい。そして、箱の中で辛抱強く息を潜《ひそ》めて、客が帰るのを待っているのだ。再びあなたを独占できるまでの数時間、嫉妬《しっと》の念を圧し殺しながら。

あなたに対する未練はともかく、今日でこの生意気な動物ともお別れなのだと思うと、せいせいするわ。

私はさっそくキッチンへ向かった。買ってきたタイム、ロリエ、ローズマリーなど、肉料理を美味《おい》しくするハーブ、それにニンニクを袋から取り出すとまな板の上に並べた。

ほら、これは、料理教室のシェフが懇意にしているという農場でとれた、タマネギ、にんじん、ズッキーニ、マッシュルーム、トマトなのよ。わざわざ早起きして仕入れてきた、この野菜と一緒に、大きめに切った肉を長時間煮込む。

どう？　これだけの材料を使えば、食べることにちょっとうるさいあなたでも、満足してくれるでしょう？　なんといっても材料が特別なんですもの。

あなたは言っていたわね。

――雪国育ちの君にこんなことを言うのもなんだけど、最近、南国の香りが妙に恋しくなってね。南の地方の料理みたいなもの、君には作れないよね。

もう、雪国の女には飽きた、そういいたかったのよね。そういう京都人特有の遠回しな言い方がやっと分かるようになったわ。はっきり言ってくれた方がまだ誠意ってものが感じられるのに、意地の悪い人。でも、その言葉を口にした時のあなたのあのばつの悪そうな目つき。それが、どうしても憎めなかったから、だから決心したのよ。

何をですって？　あなたが望む料理を作り、今日こそ、あなたの期待に応えてあげること。そして、私はきれいに退く。

そう決心できた自分の勇気を褒《ほ》めてやりたくなり、私はほくそ笑んだ。

さて、まずタマネギの皮をむきましょう。

薄茶色の皮をパラッとはがすと、つるりとした肌がでてきた。異様に気分が高揚し、私は自然と鼻歌を歌っていた。

＊

家の扉を開けると、もわっとしめった空気と焦げたニンニクの匂いが漂ってきた。台所の方からなにやら鼻歌が聞こえてくる。

僕は、このままそっと扉を閉めて、どこかへ行ってしまいたい心境になった。

だが、どうして、自分の家から逃げなくてはいけないのだ？　そう思い直して、靴を脱ぐと部屋に入った。

灯《あか》りのもれる台所の戸をそっと押し開けると、アルコールを含んだ蒸気の中で城子《しろこ》がこちらを振り向いて「お帰りなさい」とにっこり笑った。

「あなたの好きな南仏料理を作ったのよ。ほら、この間言ってたでしょう？　南の地方の料理が食べたいって。だからこの一カ月、密かにお料理教室へ通っていたの」

彼女はオーブンにかけた鍋をのぞき込みながら弾んだ声で言った。

ああ、そういえばそうだった。僕は、彼女と別れる言い訳に南の地方の話まで持ち出したことを思い出し、自分の失言を悔いた。

一カ月前のことだった。お店から帰ってみると、別れたはずの彼女が勝手にここへ押しかけて来て、例によって掃除をしていた。

僕はソファに座るといらだちを抑えて、足にまとわりつく飼い猫のクロミを膝《ひざ》の上に乗せた。指で首のあたりを摩《さす》ってやると、クロミは仰向《あおむ》けに転がってじゃれつき、僕の手を軽く噛んだ。痛いようなくすぐったいようななんともいえない感触だ。僕はクロミと戯れているうちに少し落ち着きを取り戻した。

彼女はしばらく僕とクロミの様子を見ながらじっと黙り込んでいた。

「ねえ、お総菜も買ってきたから一緒に食べましょうよ」とたどたどしく、しかしその実押しつけがましさを底に含んだ口調で言った。

クロミが優雅に僕の膝で欠伸《あくび》をした。「ニャーオ」と切ない声で一鳴きすると、つややかな黒いヘアをうねらせて背中を反りかえし思い切り伸びをした。

「クロミ」

彼女が甘ったるい声で呼ぶと、クロミは全身の毛を逆立てて「ふーっ!」とひとふきして、僕の膝をバネに大きなジャンプで、一気に高い棚の上に駆け上り、ダンボール箱に逃げた。

——そうだ、クロミ、こんな女にさわられるくらいなら逃げるのが正解だ。

猫にそう語りかけながらも、僕は手持ちぶさたになり、再び、彼女に対する怒りがこみ上げてきた。

「何しに来たんだ。もう君とは別れたはずだ」

「………」

城子は、ぽかんと口を開けて、まるで意味が分からないという顔をした。無邪気を装っているが、その実、なんともしぶとい女なのだ。

彼女、高木《たかぎ》城子が店のスタッフとして入社してきたのは半年前のことだった。

僕は京都の町中で美容師の仕事をしていた。町屋を改造したヘアサロンは、オープン当時、まだ目新しかったおかげで、店はそこそこ繁盛していた。そこで指名してもらえる回数が一番多いのは僕だったから、町屋のカリスマ美容師として何度か京都を紹介する雑誌に取り上げてもらったこともある。

城子は、取りたてて美人ではないが、透き通るような白くてきめ細かい肌は男性スタッフたちの目をひいた。無口で控えめなので、それ以外の印象はどちらかというと薄かった。

短い期間とはいえ僕が城子と深い関係になったのは、彼女の人間離れした透明感のある肌に魅せられてしまったからだ。

今から思えば、絵里子《えりこ》に振られたことも大きな原因だったのかもしれない。

僕は、学生時代からつきあっていた女に突然別れを告げられた。彼女は僕より十歳年上の男を好きになったと打ち明けた。

「あなたには何かが欠けている。決定的な何かがね」

映画を見た後、居酒屋で彼女に突然そう切り出された時、僕はただ眉間にしわを寄せただけだった。

「分からない？」

彼女の思わせぶりな言い方が気にくわなくて、僕は、黙って、湯葉巻揚げをパクついた。

「人間の深みと包容力よ」

「深み……包容力？　なんだよそれ」

「あなたみたいな自己中心的な人には何も当てにできないってこと。彼にだったら頼れるの。それに、知的な会話だってできるしね」

絵里子はこれ見よがしに言った。

確かに、僕は、絵里子に対してわがまま放題だった。仕事の都合で待ち合わせに遅刻することもあったし、それで謝ったことは一度もない。

客にきめ細かいサービスをしている分、彼女に甘えっぱなしになっていたことは事実だ。しかし、仕事のせいなんだから仕方がないではないか。

包容力がない？　笑わせないでくれ。絵里子は惰性になった僕らの関係にちょっとしたカンフル剤が打ちたくてそんなことを言っているのだ。そう思って僕は彼女の言葉を軽く聞き流した。

ところが絵里子は本当にその十歳年上の男と結婚してしまったのだ。まさか彼女の方から僕に別れを告げるとは夢にも思っていなかった。

僕は自分の思いやりのなさを後悔し、半年くらい彼女が僕の元へ戻ってくることを夢想した。

そんな時、ふと僕の視線の中に入ってきたのが入社してきたばかりの高木城子の白い首筋と少し赤みを帯びた茶色い瞳だった。

城子はこのお店のホームページの「スタッフ募集」の欄を見てわざわざ新潟から来たのだという。いまいちあか抜けない女だったが、経営者が彼女を採用することに決めたのは、面接の時、どうしてもこの店で働きたいというひたむきな態度が今時の若い子にしては珍しかったから、らしい。

失恋の傷を癒《いや》すのにちょうどいい相手、そんな計算も働いて、店が終わってから、二人きりになるのを狙って、さりげなく彼女に話しかけてみた。

そんなことを何度か繰り返しているうちに、なかなか京都の空気になじめない、自分の軽い訛《なま》りが気になってどうしても口数が少なくなってしまうと、僕に悩みを打ち明けるようになった。話すのが下手でも黙々と仕事をこなしてさえいれば、それで十分だからと僕は彼女を慰めた。

そこそこ親しくなったある夕方、食事に誘うと彼女は喜んでついてきた。

初めて、僕の部屋で彼女の裸を見たとき、胸が小さいことに少し落胆したが、暗闇でライトに照らされていっそう白さを増した肌の美しさに目を見張った。

愛撫すると、まるで絹にふれているようななめらかさがあり、白粉《おしろい》を体全体に振りかけているのではないかと見まごうほどだったが、それは、紛れもなく素肌だった。しかも、まるで軟体動物みたいに全身の骨が柔らかくて細い。骨格が存在していないかのようなのだ。

僕は、自分のオスとしての本能が奮い立つのを感じた。それからしばらく、彼女の肉体の不思議な感触に酔いしれた。

ある日、彼女を抱いた直後、ぐったりとしたまま仰向けになり、目を閉じた僕の耳元で彼女は囁《ささや》いた。

「私の名前、変わっているでしょう、城子だなんて。何に由来していると思う？」

「お城のお姫様という意味？」

僕は適当に答えた。

「漢字に意味はないのよ。発音に由来しているの」

そう言うと、ふふふ、と謎めいた笑い声を立てた。

ってていく。

「発音からって、どういう意味？」

「城子、つまり、しろこ……」

城子はそう言いながら空中に人差し指で文字を書き始めた。白という字と子を指がなぞっていく。

「……白子、つまり、白い子の意味？」

「そうよ。母はね、生まれた私を見て、真っ先に、なんて白い子なのって思ったの。だから白子《しろこ》ってつけたかったんですって」

「その漢字だと、白子《しらこ》って読むから、魚の精巣をイメージしてしまうな」

「残念ながらそうなの。だから、お城の漢字をとって、城子と父が付けてくれたの」と声を弾ませて言った。

そんな奇妙な由来を打ち明けてまで彼女が自分の色白を自慢するのは、僕がその部分を殊に気に入っているのを知っているからだろう。

城子は性格的にはきわめて従順で、僕の好きなものはなんでも好きになる女だった。僕がショパンが好きだと知るとショパンのＣＤを買って来て一緒に聞こうとする。こちらの言う通りの色を着て、好みの映画を一緒に見てくれる。マンションの鍵を渡しておくと、留守の間に時々掃除もしてくれた。

家庭的な女を見つけられてラッキーだった。そう思い、絵里子に振られた屈辱から、僕はにわかに男としてのプライドを取り戻したのだった。

ところが、肉体関係を重ねるようになって二、三カ月もすると彼女はただ大人しいだけの女ではないことが分かった。

ある日、常連のお客さんの毛質の悩みに相づちを打ちながら、ふと鏡を見た拍子に、こちらをじっと見つめる彼女の視線とぶつかった。僕はその執拗な目つきにどきりとした。僕は、客の髪をかき分けながら再び営業スマイルに戻ったが、僕の背中に彼女のあの赤茶色の瞳から放たれる視線が張り付いているのを感じた。

他のスタッフに彼女との関係を気づかれるのではないかと冷や汗が出てきた。

ごくたまに見つめられるだけならいいが、その頻度は日に日に増していった。しまいには、僕が他のスタッフの女の子と話しているだけで恨めしそうな顔をしたり、話の間に割って入ってきたりするようになった。普段、店で殆ど話さない彼女が、突然、僕の前に立ちはだかって話し始めるので、その不自然さに周囲は眉をひそめた。

それでも、僕は城子のなめらかな肌の感触にのめり込んでいたので、彼女との関係をやめられなかった。それが、彼女の立場を優位にしていることにいらだちを感じつつも。

ひそひそと僕らの陰口を囁く者がではじめ、そのことが上の耳にも入った。ついに経営者に呼び出された時は、指名ナンバーワンの僕がクビになることはないだろうと半分開き直っていた。案の定、店の雰囲気が悪くなるから慎むようにとだけ注意された。

経営者は山科《やましな》に二店舗目をオープンしたばかりだったので、城子はそちらへ回されることになった。

仕事場が別になり、うまく城子との距離を置けるようになった。ある夜、僕は、時々言葉を交わす間柄になっていた向かいの民芸品店で働く榊田陽子《さかきだようこ》を誘って飲みに行った。陽子は福岡生まれの大阪育ちで、やはり京都が好きだったので、和ものの店に就職したのだと言った。城子とは違い、南国の熱い雰囲気があり、都会的でさばさばした性格だった。木屋町《きやまち》にあるショットバーで彼女と飲んでいるうちに意気投合し、映画の話や音楽の話で盛り上がった。

会話が途切れた一瞬、首筋に嫌な気配を感じて、振り返った。すると、なんとも信じがたい光景がそこにあった。城子が向こうのテーブルで、一人ワインを飲みながら恨めしそうな目つきでこちらを見ているのだ。

僕たちは尾《つ》けられていたのだ。驚きのあまり持っていたバーボンのロックを落としそうになった。陽子を急《せ》かして慌《あわ》ててそこを出たが、のど元に城子のあの視線の棘《とげ》が刺さったままのような気がして、次の店では、会話はまったくはずまなくなった。しらけた雰囲気から脱出できず、陽子とは阪急電車の駅で別れた。

それ以来何処《どこ》にいても彼女に見張られているような気がして落ち着かなかった。城子の狭苦しい頭の中に僕という存在がぎちぎちに詰まっていて、彼女の脳みそに自分が押し潰されていく不気味なイメージが頭から離れなくなった。

なんとしても彼女と別れなければ。

僕は決心した。この部屋でクロミを抱き上げながらいつものように押しかけてきた彼女に言った。

「今日で終わりにしてくれ。別れよう」と。

ところが彼女はそれからも懲りずに合鍵で僕の部屋に勝手に入ってきて掃除をし、総菜を持ってきてテーブルに並べた。

「一緒に食事をして」

「君とはもう別れたんだ。勝手に入ってくるのはやめてくれ。鍵を返してくれ」

「最後に一緒に食事をしてくれたら返すわ」

「お総菜なんか食べる気にならない。雪国育ちの君にこんなことを言うのもなんだけど、最近、南国の香りが妙に恋しくなってね。たとえば南の地方の料理みたいなもの、君には作れないよね」

そう言いながら、僕はクロミを抱き上げた。

クロミは飼い主の気持ちを理解したのかしていないのか、僕の耳元に鼻先を擦りつけながらゴロゴロと喉を鳴らしている。しばらくそうやって抱かれていたが、絨毯《じゅうたん》の上に降ろしてやると窓際の方に歩いていった。カーテンに身体を絡ませてひとしきり遊んでから、ピンとしっぽを上向けに立てて、ソファを背中で一撫ですると、いつものように棚の上へ消えていった。程よく甘え、程よくそっぽを向く。まるでこちらの気持ちをもてあそんでいるようだ。こんな人間の女がいたらさぞかし夢中になるだろう。

彼女は憎らしそうにじっとクロミを見上げながら繰り返した。

「南の地方の料理……」

「そう、今の僕に必要なのは、太陽光が降り注ぐからっとした空気なんだ」

これぐらい言ってやらなければ分からない女だ。さすがに僕のこの言葉に傷ついたのだろう。それから一カ月間、彼女は姿を現わさなくなった。

確かに僕は南の地方の料理が食べたい、そんなふうなことを言った。もちろん、本心ではない。もう、僕につきまとうのはやめて欲しいという思いを込めて言ったまでのことだ。遠回しに言ったあの言葉が気にさわってくれたのだと内心ほっとしていたというのに。まさか、その間に料理教室に通っていたとは夢にも思わなかった。

僕は台所で勝手に料理を作る彼女を睨《にら》んだ。おたまで鍋をかき回している横顔は真剣そのものだ。彼女が作ったものなど和食でも南仏料理でも、同じことだ。要するに食べたくないのだ。なのにそんなことはお構いなしだ。

だいたい、南仏料理だって、笑わせないで欲しい。

「君、南仏ってどこにあるのか知ってるか？」

「フランスの南でしょう？」

「もちろんそうだけど、フランスは緯度が日本より北になるんだぜ。南仏だって、ここより北さ。だから君がつくっているのは南の地方の料理でもなんでもないんだよ」

「緯度なんかどうでもいいじゃないの。南仏っていうのだから、フランスの南に違いないのだから」

彼女はそう言い張った。僕は、やり場のない怒りをこらえながら努めて冷静に言った。

「僕は何も南の地方の料理が食べたいと言ったわけじゃないんだ。君はなにか誤解してる」

「あなたの言いたいことは分かってる。私誤解なんかしていないわよ」

彼女は自信満々で答えた。何も分かっていないくせに。僕は深いため息をもらしたが、気分は治まらない。

「じゃあ、この部屋の鍵を返してくれ」

「分かってるわよ。もう少しだけまってったら。せっかちな人ね。調理に二時間、煮込みに三時間もかかったのよ。でも、あなたの喜ぶ顔を思い浮かべると、そんなこと、私、大変でもなんでもないのよ」

彼女は額の汗をそっとぬぐいながら言った。

喜ぶ顔？　僕は自分の気持ちがローラーで地面に圧し固められている姿を連想し、惨めになった。彼女という無神経なローラーに。

目でクロミを探してみた。本棚の上のダンボールの蓋がほんの少し開いていて、そこからピンと立った耳と光る目がこちらをのぞいている。

僕と視線が合うと「みゃーお」と普段よりやや細い鳴き声が聞こえてきた。

城子の存在に苦しめられているのは、僕だけではない。あんな場所に長い時間かくれていなくてはならないクロミはなんと不憫《ふびん》なのだ。城子に対する怒りが再びふつふつとわいてきた。

「頼んでもいないのに、ご苦労さんだな。そんなもの、僕は食べないよ」

きっぱりとそう言うと、彼女の口元が一瞬ゆがんだ。それでも無理に作り笑いをしながら、料理を作る手を休めない。

「以前はよく言ってくれたわよね。君のことを愛している。食べてしまいたいほど愛しているって。覚えている？」

「君に？　そうか。君にもか。それは、女を抱くときの僕の口癖なんだ。いろんな女に言っているらしいけど、自分じゃ覚えていない」

実際、絶頂に達するとき、僕がそんな言葉をもらすらしいことは絵里子から聞いたことがある。

「あれは限りなくあなたの本心だったわ。私、あなたに食べられたかったの。そして、肉体を共有したかった。そんなふうに二人が合体する夢をよく見るのよ」

もうかんべんしてくれ。途方もない夢だ。彼女の夢想に僕の肉体が冒瀆《ぼうとく》されているような気分になった。

そんな僕の気持ちとは裏腹に彼女は楽しそうに、鼻歌を歌いはじめたから、僕は脱力した。

彼女の脳は自分に都合の悪いことはいっさい受け付けないようにできている。どうやら、このわざとらしい鼻歌は、自分の気分を立て直すための手段らしい。

ひとしきり歌うと、彼女は再び頰を緩めて微笑んだ。こっちはますます落ち込んでいくというのに、そっちはもう気分を持ち直したのか。僕はこれ見よがしに深いため息をつき、相変わらず鍋をかき混ぜている彼女に言った。

「僕の部屋の鍵を返してくれ。頼むから人の部屋に勝手に入るのはやめてくれ。どうしても出て行ってくれないのだったら、不法侵入で警察に訴える」

すぐにでも警察に相談に行こうかと思い、僕は窓越しに表を見た。外はどしゃ降りだ。駅についた頃からパラパラと降り出したが、今では大粒の雨がベランダのコンクリートにたたきつけられている。近くの派出所まで歩いて十分。僕は滝のような雨と強風の中を歩いていくことを一瞬頭に浮かべてみたが、ますます疲労感が募ってきた。この場を逃れて外出する気にもなれない。

だいたい自分の家なのに、どうしてこっちが出て行かなくてはならないのだ。

「あなたにどうしてもこれを食べてもらいたかったの。せっかく習いに行ったんですもの。一カ月の苦労が水の泡になるわ。お願い。食べて」

彼女はすがるような目で僕を見上げた。

僕のいらだちを他所《よそ》に彼女はリビングにある棚の扉を開けてカチャカチャと音を立てはじめた。叔母が揃《そろ》えた来客用の金縁のお皿やクリスタルのグラスをまるで自分のものであるかのように手際よくテーブルに並べた。

その時「みゃーお」とまたもやクロミの切なくて悲しげな鳴き声が聞こえてきたから、僕の気持ちは激しくかき乱された。

もう我慢できなかった。腹部のあたりからこみ上げてくるむかつきが喉を通って怒鳴り声になって放たれた。

「僕は君と食事する気なんかない！　さっさと帰ってくれ！」

彼女の腕の付け根を乱暴につかんだ。折れそうなほど細い腕が僕の手の中にすっぽり入った。まるで人形みたいに細い腕だ。僕は彼女の腕が自分の手の中で消えてなくなるのではないかとたじろいだ。その一瞬のすきに彼女は猛烈に強い力で僕の手をふりきった。予想以上の激しい力に僕の怒りが爆発した。

「君はどうかしている！　帰れ！　帰ってくれ！」

大声でわめき散らした。それから僕は彼女の首に手をかけて思いっきり絞め上げることを想像した。渾身《こんしん》の力でこの女を絞め、食器棚の角に脳天をたたきつけて殺してやりたい衝動に駆られたのだ。女が頭から血を噴き後ろ向きに倒れていく映像をスローモーションで何度も再生した。心臓の鼓動が爆音みたいに鼓膜を震わせる。

我に返って、冷や汗をぬぐった。このままだと本当に彼女を殺してしまうかもしれない。背筋が寒くなり怒りが急激に冷めていった。代わりに異様な恐怖が襲ってきた。

彼女はちょっと悲しそうにこちらを見ながら言った。

「興奮しないで。あなたはすぐに理性を失うのね。でも、これが最後、ね、お願い」

「理性だって？　君といて理性なんて上等なしろものを保てる人間がいるのか。これは君のいったい何度めの最後なんだ！　もう、一カ月も前に僕たちは別れたんだよ。君に最後なんかあるものか！」

僕は泣きそうになりながら叫んだ。一秒でも早くこの忌《い》まわしい女から逃れたかった。

「最後なんかないんだ。これが、永遠に続くんだ」

「いいえ、最後は必ずあるわ。お願い、本当に今日で最後よ。ワインも持って来たの。しゃれた南仏料理と、あなたに話したことのある〈ペイ・ドゥ・ネイジュ〉というワインよ。これで素敵な最後の夜を飾りましょう」

「僕はそんなワインは知らない。君の勝手な作り話だ。素敵な最後の夜だって？　頼むからもうかんべんしてくれ。僕は、君とはほんのお遊びでつきあっただけなんだ。悪い男だった。そのことは謝る、すまない」

「一度だけ一緒に食事をして。ほら、シチューができたわ。ハーブとニンニクをたっぷり入れて三時間も煮込んだのですもの。美味しいはずよ。ねっ、一緒に食べて。食べてくれたら別れてあげるから」

彼女は台所から鍋を運んできて僕の前に差し出してにっこり笑った。こんな時に笑う女は狂気だ。もう、怒るエネルギーもない。所詮《しょせん》この女のしつこさにかなうはずがないのだ。

僕はソファに倒れ込むように深く座った。もう一度窓の向こうをみる。庭に植え込まれた木の枝が弓なりに揺れている。

「君と食事をする気なんかないんだ。頼むから止《や》めてくれ。お願いだ」

彼女はテーブルの真ん中に鍋を置いた。そして、おたまで鍋の中のものを皿に盛りはじめた。二つの皿にトマト色の赤っぽいシチューを入れ終わると、パンを切ってかごに盛り、椅子に腰掛けて言った。

「さあ、一緒に食事しましょう」

僕は答えなかった。

「ワインを注いで一緒に食事をしてくれるだけでいいのよ。おぼえているでしょう? あなた、こんな食事がしたいって言ったじゃない」

「君にはもう別れを告げた」

「いいえ、まだよ。南の地方の料理が食べたいって言ったのよ、あなたは。だから、もう一度作りに来たの。お願い、ワインを開けてちょうだい。今日こそきっと満足の行く夜にしたいの。決して忘れられない夜に」

僕はソファに深く腰掛け、雨に打たれる庭の木をひたすら見つめていた。

腕時計を確認すると十分くらいしか経《た》っていなかった。僕にはもっと長い時間に思えた。

ふと、彼女の方を見るとテーブルについたまま僕が向かい側に座るのを待っている。じっとこちらを睨んだままだ。視線で殺そうとでもいうのか。

彼女の性格ならよく分かっている。

僕が食事を食べるまで、彼女はそこにずっと座っているつもりなのだ。何時間でも。

結局、僕はまた根負けしてしまった。

ワインの栓を開けて彼女のグラスに注いだ。

「座って」

僕は言われるままに椅子に座った。意地を張っても無駄だ。彼女の言うことを聞いて食事を一緒にして帰ってもらうしかない。数時間の辛抱だ。それだけ我慢すれば、少なくとも、この雨の中ここから出て行くのは彼女の方だ。部屋の鍵は、この家の持ち主である叔父の許可をもらって新しいものと付け替えればすむことだ。今日さえ我慢すれば、もう二度と彼女はこの部屋に戻ってこられない。

「出会った頃の夜は楽しかったわ。こうして二人で乾杯したわね」

「ああ、そうだった」

「あなたが、誘ってくれた。ベッドの中で、私のこと食べたいほど愛しているって何度も言って、結婚しようとも約束してくれた。なのにこんなふうに別れるのは残念だわ」

彼女は片手で目頭を押さえながら言った。

「すまない。僕は薄っぺらで包容力のかけらもないどうしようもない男なんだ。君にはもっと年上で知性のある男が相応《ふさわ》しいだろう」

絵里子が僕を振った時に並べ立てられた理由をそっくりそのまま彼女に言った。

「ええ、分かったわ。今日こそそれが分かったの。だから本当に最後よ」

やけに物分かりがいいなと、猜疑的な目で彼女を見た。僕が食事をする気になったので気持ちが収まったのだろうか。ナイフとフォークをつかむと、シチューの中の肉を切った。よく煮込んであって、肉は口の中でとろけて自然に舌になじんだ。トマトとオリーブオイル、それにニンニクやハーブの混ざった地中海風の香りが鼻孔を刺激した。一カ月間料理教室に行ったというのは本当らしい。僕はやけくそのようにワインを飲み干した。彼女は、僕のグラスになみなみとワインを注いだ。そして、自分でもぐいぐいと飲んだ。

「このシチュー、美味しいでしょう? タマネギとニンニクをたっぷりのオリーブオイルで炒めて、それから肉を骨付きのまま、こんがりと焦げ目がつくまで焼くのよ。骨までじっくり煮込んでダシが出ているから美味しいのよ。そしてね……」

彼女はシチューの作り方を長々と話し始めた。僕は酔いがまわって時々彼女の声が聞こえなくなることがあった。

彼女は妙に饒舌《じょうぜつ》になっていた。シチューの話が終わると、今度は自分の話をし始めた。

彼女は新潟の上越出身で、実家はぶどう栽培をしてワインを作っているのだとか、自分は田舎が嫌で都会に憧れて京都に来たが、京都の生活や人に全然なじめない、京都人は何を考えているのか分からなくて難しい、と、とりとめなく話し始めた。

「私、京都の人との距離をどう保てばいいのかが分からないの。親切な人にめぐり合って嬉しくて仲良しになろうとすると、ある日、突然に嫌われてしまうの。自分の何がいけなかったのか皆目分からないのよ」

なんとも返事のしようがなかった。嫌う人間の気持ちは分かっても、それが理解できない彼女の気持ちの方が僕には謎だった。

「そんなことばかり繰り返しているうちに人と接するのに疲れてしまったの。だからもう故郷へ帰るつもり」

彼女はそう言うとまたワインを一気に飲み干した。

「そうか。その方が君には向いているかもしれないな」

内心そうしてくれたら万々歳だ、と思いつつ、気持ちを悟られないように、さりげなく言った。

彼女は新潟の出身で、この〈ペイ・ドゥ・ネイジュ〉は彼女の実家で作っているワインだと言った。期間限定品で百貨店に卸しているワインらしい。彼女は今まで、自分の家のことをあまり話さない女だった。いや、何を話しても僕が聞いていなかっただけかもしれない。

彼女はワインの飲み過ぎで荒い息を吐きながら弾んだ声で言った。

「私、あなたと出会った時、夢のようだったの。憧れの京都へ来て、突然ドラマの世界へ舞い込んだみたいだったの。あなたは私が田舎で見ていたドラマの主人公そのものなんです。ハンサムなカリスマ美容師で、おまけに京都の高級住宅街にこんな素敵な家まで持っていて……私にはもったいないような人だわ。私、ここがまるで自分の家みたいな気がして、一生懸命掃除した。あなたのことを思いながら、掃除するのが生き甲斐だったの」

確かにこの家は僕の若さで暮らすには並外れて高級だ。十六畳もあるリビングの他に八畳の和室と十畳の寝室、さらに二階には客間が二部屋ある。場所は北山だから誰もが憧れる高級住宅街だ。

城子がこの家に執着しているのに気づいて、僕は慌てて言った。

「これは叔父の家なんだ。僕のじゃない。叔父は転勤族で、いずれ退職したら京都で暮らすつもりなんだ。僕はしばらく住まわせてもらっている、いわば管理人みたいなもんだよ。叔父は親父の兄弟の中では出世頭なんだ。僕の両親は宇治にある狭い団地暮らしだよ。父は家業の居酒屋をやっている。それも一時はよかったけど、今では客も減ってすっかりさびれている。誤解しないでくれ。僕にはなんの財産もないんだ」

　そう言いながら僕は赤面した。大切な鎧をはずして自分の貧弱でみすぼらしい肉体を露出してしまったのだ。

　城子はここが僕の家でないと知っても、さほど驚いた顔はしなかった。あまり露骨にがっかりされても傷つくが、言ってしまった以上もう少し落胆してもらいたかったから当てが外れた。

「そうだったの。でもいい思い出になったわ。本当よ。そして、今日は本当に最後なのよ」

「ああ、そうかい」

　どうせそんなつもりなどないくせに、と僕は投げやりな返事をした。

「本気にしていないのね。本当に最後なの。それが証拠に昨日、お店に辞表を出してきたの。来週には新潟へ帰るつもり。実家でワイン作りを手伝うことにしたの。両親も喜んでいるわ。田舎にいる頃は労働の多い零細業にうんざりしていたんだけど、それが自分に合ってるってことにやっと気づいたのよ」

　辞表を出してきた？　嘘だろう。僕は意外な話の展開に、自分の耳を疑った。これで、この悪夢のような関係に終止符がうてるというわけか。信じられない。さっきまで、永遠の苦しみのように感じていたのが嘘のようだ。

僕は急に気分がよくなり、俄然《がぜん》ワインが美味しく感じられた。ボトルのラベルを初めてまじまじと見た。

「このワイン、赤にしてはさっぱりしていて飲みやすいね。へえ〈ペイ・ドゥ・ネイジュ〉か」

「雪国という意味なの。一次発酵に何カ月もかけて、丁寧に作った手作りのワインなのよ。機械なんか殆ど使っていないの。子供の頃、よくボトリングを手伝わされたわ。弟と二人で半出来のワインジュースをこっそり飲んでふらふらになったことがあるのよ。地下室にね、一次発酵の終わったワインジュースを移して二次発酵させるの。それから砂糖と酵母菌を入れて……」

彼女は今度、ワイン作りの話をし始めた。僕は三杯目のワインを飲み干すとシチューも平らげた。

「これ、なかなかうまいな。じっくり煮込んだっていうけど、なんの肉？」

「ウサギよ」

どうりで見慣れない骨の形だと思った。

「へーえ、ウサギかあ。珍しいな」

「食べるのはじめて？」

「ああ。でも、美味しい。君の田舎で作ってやったら、みんなびっくりするだろうな」

「よかったわ。気に入ってもらって。私、あなたに美味しいって言ってもらわないことには故郷に帰れないと思っていたのよ」

冗談じゃない。また一カ月間料理教室に通って、舞い戻って来られたらたまったもんじゃない。僕は鍋の蓋を開けるとシチューをおたまですくおうとした。肉が骨から外れておたまに引っかかったところで彼女の手がおたまを取った。

「おかわりだったら、私が入れるわ」

「そうか。うまいから全部平らげるよ」

「本当？　嬉しいわ」

彼女は喜びの笑みを顔いっぱいに、僕の皿にシチューを盛った。僕は彼女の細長い手から襟元の方に視線を移していった。普段真っ白な首筋がピンク色に染まっていて、それが、たまらなく色っぽく感じられた。

――案外可愛い女じゃないか。僕が冷たすぎたのかな。今晩、最後のお別れに抱いてやってもいいな。

僕は酔った勢いでこんな軽薄なことまで考えていた。

僕はシチューとワインを交互に口に運んだ。

「ねえ、ジャパニーズホワイトって知っている？」

彼女の声のトーンが微妙に低くなった。

「日本の白ってこと？」

「いわゆる日本の白いウサギのこと。小学校の頃、学校なんかで見かけたことなかった？」

僕は自分が口に運んでいる肉のことだと気づいて、噛むのをやめた。

「白ウサギ、へえ、そうか」

「アナウサギでアルビノっていう白くて目の赤い種類。まるで私みたいでしょう？　あなたの血となり肉となろうとしているのよ、私の分身が」

彼女は勝ち誇ったような笑みを口元にたたえた。

なんてことだ、それがおまえの狙いだったのか。たちまち、僕は口の中に入っている肉を吐き出したい心境になった。だが、ここで彼女の機嫌を損ねるわけにはいかない。僕はワインを口いっぱい含んで肉を丸ごと飲み込んだ。この肉が消化され、僕の細胞が形成される映像を城子の脳のフィルムから読みとり、ぞっとした。その手にのるものか！　僕は何杯もワインを飲んだ。

意識が朦朧《もうろう》としてきた。天井が揺れ始めた。目の前で彼女が二本目のワインを開けるのをぼんやりと見ていた。思考が鈍って考えが浮かばない。彼女がグラスにワインを注ぐと、僕は水みたいにそれを飲み干した。味もアルコールも感じない。ただ、城子が自分の分身みたいに思っている胃袋の中の肉を全部もどしてしまいたい、そんな思いに駆られた。

「動揺しているのね。今のは、ほんの冗談よ。あなたの本心はよく分かっているわ。私そこまで鈍くないもの。でも、私たち、素敵な夜を過ごしたことには変わりないわ」

「ああ、そうだな」

そう言ったつもりだが、舌が絡《から》まって言葉にならない。ここでにっこり笑えたらいいのだが、頬が引きつってどうしても笑えなかった。

ああ、これで彼女ともお別れか。一年後には、こんな夜のことなど、なにもかもすっかり忘れてやる。アルビノがどうした。たかがウサギじゃないか。そんなものを食べたからっておまえとはなんの関係もない。胃酸がしっかり消化してくれて記憶と一緒に拡散し、跡形もなくなってしまうだけさ。

僕はそんなことをぐるぐる回転する頭の中で考えていた。それから先はいったい何杯ワインを飲んだのか思い出せない。意識がなくなるまで飲んだことは確かだった。

ベランダから射す光が瞼《まぶた》を赤く火照《ほて》らした。頭が痛かった。耳の奥でタンバリンの反響音がいつまでもやまない。僕は起き上がってソファに座った。腕を胸の下敷きにして体をよじった恰好で寝ていたらしく、肩から肩胛骨《けんこうこつ》にかけてしびれて感覚が麻痺していた。壁の掛け時計を見ると十時半だった。

外は眩《まぶ》しいくらいの良い天気だ。昨日の雨が嘘のようだった。僕は二日酔い特有の喉の渇きとむかむかを抑えながら、ゆっくりと立ち上がって伸びをした。

テーブルの上に目を落とすと、手紙が置いてあった。僕は右手をついて手紙を読んだ。

最後の夜をありがとう。昨日のあの肉ですが、白ウサギというのは嘘です。あなたたちの愛に私が立ち入ることなど、できるはずがありませんもの。

私はあくまでも愛を完結させるお手伝いをしただけ。そして潔く退くこと、それが目的だったのです。それでも、私たち二人にとって決して忘れることのできないすてきな夜になったと思います。これで本当にさようなら。もう、思い残すことはありません。

城子

追伸、そうそう、お料理の材料が少しだけ残りました。冷蔵庫に入れておきますので今晩にでも使ってください。

文面の意味はいまいちよく分からないがこれで彼女と別れられたのだ。「さようなら。永遠に」と呟きながら、僕は大きな欠伸を一つした。二日酔いさえなければ最高の気分だ。腹に収まっているのがアルビノ種のウサギでないことにほっとした。彼女の持ってきた〈ペイ・ドゥ・ネイジュ〉の空ボトルが机の真ん中に三本並んで置いてあった。全部で三本も空けたのだ。どうりで頭が痛いはずだ。

僕は風呂にぬるま湯をはりながら洗面所で顔を洗った。水を肌に浴びるうちに喉の渇きが抑えられなくなり、蛇口に口をつけて水をたらふく飲んだ。顔をタオルでぬぐうと急に気分が悪くなり、トイレに駆け込んだ。半分消化されて液体と化した胃の中の赤いドロドロをもどした。ワインと胃液のいやな臭いが口の中に残った。

吐くとまた喉の渇きを覚えた。僕は冷たい牛乳を胃袋の中に流し込みたくなったので、台所へ行った。鍋もお皿もきれいに洗ってある。

冷蔵庫の牛乳を取り出し、戸を閉めようとすると軽い抵抗があった。中をのぞくと二番目の段に大きな皿が押し込まれている。それが開けた拍子にはみ出して閉める時に扉が閉まらなくなったのだ。皿を引っぱりだそうとしたが何かに引っかかってなかなか出てこない。缶ビールのたっぷり詰まった重い上段を少し持ち上げて力を入れた。やっと引っぱりだすと皿はずっしりと重く左手で慌てて支えないと持っていられなかった。

僕は皿の中のものを見て全身が凍りついた。

「うわーっ！」

やっとの思いで叫んだが、叫んでいるうちに喉が千切れそうな痛みを感じたにもかかわらず自分の声はいっこうに耳まで届かない。

大皿の周囲にはマッシュルームとトマトとニンジンのぶつ切りが花のように円形に飾られ、その真ん中にそれが内臓と一緒にのせられている。

皿が両手からすべり落ち、大きな響き音を立てて真っ二つに割れた。割れた拍子に白っぽいドロドロと赤い血の塊が床に飛び散った。マッシュルームとトマトが床に弾んで転がっていく。僕は見たくないのに金縛りにあったようにその場から動くことも城子の残した材料から視線をそらすこともできなかった。股間から生暖かい液体がしみ出してきてズボンの内側を濡らし、靴下の底まで垂れ下がってきてじゅくじゅくになった。

首だけとなったクロミの無理にこじ開けられた灰色に濁った目が無念そうにこちらを見ている。閉まりきらない口からはみ出した牙の隙間に粘液質の真っ赤な泡がうっすらと浮かんでいた。

そんなバカな、クロミは本棚の上にいるはずだ。僕は、リビングに行くと、ダンボールを引きずりおろした。中は空っぽだった。昨日、シチューが出来上がった時、この中に確かにクロミはいた。鳴き声だって聞こえてきたではないか。あれは目の錯覚だったのか。いや、錯覚などではない。確かに彼女はこの中にいた。

先ほどキッチンで見たあの光景のほうが僕の妄想だったに違いない。きっとそうだ。そう思い、僕はキッチンへ向かい、そこで再び床に散らばったクロミの残骸を目にすることになった。無残に切り取られた首、四本の足、それらすべては紛れもなくクロミのものだった。

先ほどの文字の切れ端が僕の脳裏に蘇った。

あなたたちの愛……愛を完結させるお手伝……潔く退く……

僕はトイレまで這《は》うようにしてたどり着くと胃袋が裏返るほど吐き続けた。空の胃袋から粘膜がすべて削ぎ取られてちくちく針で刺されるような痛みが走った。吐くのをやめると頬と唇の回りがやたらにピクついて止まらない。僕は何時間もトイレで吐き続け、力尽き、意識が遠のいてカメラの充電池が切れたように突然視界が闇に包まれた。

闇の中でクロミ、クロミと叫んだが、返事はなかった。

私は、スーツケース片手に家の外へ出ると、空を仰ぎ見た。ところどころに小さな雲の切れ端はあるものの透き通るような青空だ。

引っ越しの荷物はすべて送り終え、今から、私は故郷の新潟へ帰るところだった。最後にいい天候に恵まれたのは、いい兆《きざ》しだ。

スーツケースを転がしながら、駅の方へ向かって歩いていると、途中で、一匹の黒猫が私の前を横切った。

「あら、ダミーちゃん!」

私は立ち止まり、声をかけた。猫は一瞬こちらを振り返ったが、素早い速度で走っていった。

つれない態度だこと。ここ一カ月ほどずいぶん餌付《えづ》けしてやったというのに。

まあ、仕方がないか。長いこと、棚の上のダンボール箱の中に閉じ込めておいたんですもの。そのことを思い出し、私は「うふふふ」と一人声を出して笑いながら、走り去る猫を見送った。そして、再び駅まで歩きはじめた。

愚かな決断

田中弘一《たなかこういち》はしばらく椅子の上で痙攣《けいれん》していたが、その動作が止まってからも、私は彼の首に巻き付けたベルトを数分間絞め続けた。顔が紫色に変色している。ベルトの力を抜いて後頭部を軽く一突きするとパソコンのキーボードの上にがくんと顔を落とした。

思いの外《ほか》、骨の折れる作業だった。肉体的にもだが、特に時間が気になり私は、手袋の裾《すそ》をめくって腕時計の文字盤を見た。すでに五時一分だ。少なくとも十五分は時間をロスしたことになる。時間のロスほど許せないものはない。それで後の予定が何もかも狂ってしまうからだ。

研究所に一刻も早く戻ろうと玄関に向かったが、その時、電話のベルが鳴った。急いでいるので、そのまま無視して行きかけたが、ふと、なにかの勘が働いて受話器を取ってみる気になった。

「もしもし」

「あっ、ヒロ？　ユウコ。私たいへんなことになってしもたんや」

ヒロ？　間違い電話だ。咄嗟《とっさ》にそう思った。

「間違い電話です」

「へっ？　私、電話番号、間違うてる？　072—○○—24○×やないの？　私、ユウコ、アカギユウコや」

一瞬考えたが、番号は間違ってない。

「そうですけど……しかし」

間違いだ、と繰り返すのも面倒になり、そのまま電話を切った。

さて、出ようと思った時に、また、電話のベルが鳴った。

ナンバーディスプレイを見ると、先ほどと同じ番号、075—221—○××。京都市内の中京区《なかぎょう》あたりの番号だ。迷った末に、やはり何かがひらめいて受話器を取った。

「なんですか？」

「やっぱり、ヒロやろう。番号かて間違うてへんもん。とぼけんといてーな。あの男、ほら、山川《やまかわ》が、会社、首になってしもたんや。それで、シルバーブルーまで来られて、えらい迷惑してんのや」

「迷惑してるってどういうことだ？」

なるべく短く答えた。

「ほら、あのおっさんに逆ギレされて、えらいつきまとわれてんねんよ。こっちが悪いんちゃう。あいつのせいやろ？　な？　どないしてくれんのんなー。引っ越しもせんとあかんし」

「………」

なんのことか分からず私は黙っていた。

「敷金やら礼金やらかかるやろう。しばらくあんたのとこに泊めてくれるか？　な、そうしてんかあ」

「ああ、そんなことだったらいいよ。いつでも来いよ」

それからも、ユウコはずっと話を続けたが、私は他のことを考えていた。もしかしたら、これで、十五分の時間のロスを挽回できるかもしれない、といったようなことだ。

「ちょっと待って。なんか玄関から物音が聞こえてくる。ああ、あいつとちがうやろうか。怖いわー。つきまとわんように、一言注意しといて。頼むで」

「ああ、わかった」

そう言うと、私は受話器をフックに戻した。シルバーブルーのユウコ、という名前と舌っ足らずな甘えたような口調が頭に焼き付いた。しかし、そんなことを心配している余裕は私にはない。

ゆっくりと深呼吸して、落ち着きを取り戻した。

さて、これからだ。

腕時計を見ると、午後五時三分。今の電話で二分が経過してしまった。もたもたしてはいられない。

私は玄関の扉を開けて、外に出た。エレベーターで一階まで下りるとマンションのエントランスを抜けて通りに出た。阪急電車の高槻市《たかつき》駅まで慌てず焦らず歩いていき、電車に乗ると、四条《しじょう》烏丸《からすま》で乗り換えて、烏丸御池《おいけ》で下りた。駅から研究所まで歩いて五分だ。

私の部屋は一番端にあるので、裏庭から回り込んで、あらかじめあけておいた窓ガラスからこっそり中に入った。時計を見る。午後五時四十五分だ。

超高速遠心分離器をセットしたのは、午後三時だから、あと十五分で止まるところだ。とりあえず、あれが止まるまでに帰ってこられたのでほっとした。

鞄から研究員の山田《やまだ》純三《じゅんぞう》の論文を取り出した。これは、ここを出る前に、山田がメールしてきたものをプリントアウトしたものだった。

私はすぐに山田を内線で呼び出した。

論文は全部で二十ページほどある。これを最初に画面で見た時は、題名にまで綴《つづ》りのミスがあったので、いらだってその場で即座に直してしまった。

私は最後のページを開いて、赤字を入れ始めた。

山田が現れると「君、この英文はちょっとまずいよ。これでは、FEBS Letters《フェブズ レターズ》に投稿しても弱いな。もっと説得力を持たせないと。添削に手間取ったけど、やっと最後のページにきたよ」

そう言いながら、最後のページの単語の綴り、句読点など細かいところをもったいをつけながらゆっくりとチェックしていった。論文を閉じて、椅子を百八十度回転させると、後ろに立って見ていた山田に論文を渡した。FEBS Letters は、研究論文を掲載する科学雑誌の一つだ。

山田は赤字の入った自分の論文を見て、少し唇をゆがめた。明らかにプライドを傷つけられた表情だ。彼はアメリカに留学した経験があるので英語に自信があるのだ。確かに、会話は私より遥かに流暢だが、実践英語ができるのと、学会や雑誌に通す論文をうまく書きあげるのとは違う。そこは熟練であるという自負が私にはあった。

「何か？」

「いいえ、なんでもありません。こんなに丁寧に直していただけたのかと思うと、感謝の言葉もありません」

彼が慌ててそう言ったので、私は黙って頷《うなず》いた。

山田は頭を下げて出て行った。

私はさっそく今自分が指導している研究生を集めて超高速遠心分離器の前に行った。中から分離したペレット、つまり、ウィルスの塊を取り出しバッファ液で溶かしたものを、あらかじめショ糖液の入った試験管、ショ糖クッションの上にそっと加えた。次に、ベックマンスウィングローターSW28というさらに速い24000rpmの遠心器で三時間回転させる必要がある。

六時半からミーティングをはじめ、分離器に入れた試験管を九時過ぎに取り出す。

「水とショ糖溶液の比重の違いで、ほら、このようにウィルスのペレットの層が真ん中にできているのが見えますね。この部分だけを抽出して、インフルエンザ・ウィルスの細胞感染実験をおこないます」

私は、研究生の前に試験管をかざしてから、ピペットでウィルスの層を回収し、保存液の入ったチューブに移した。このまま凍結保存しておけば、いつでも利用できる状態になる。

帰宅したのは午後十時過ぎだった。娘も息子もまだ塾から帰ってきていない。

妻がタラ鍋を用意して待っていた。いかにも安物といった感じのグレーのセーターに、腹や腰回りにかなりの贅肉《ぜいにく》をつけはじめているからか、スカートはウェストゴムのものをはいている。子供の教育にお金がかかるからと、最近では殆ど美容院にも行っていないらしい。長い髪を後ろで束ね、顔はもちろんノーメイクだ。几帳面で地味な妻は、お金の使い方が堅実だし、料理や掃除など家事全般をきちっとこなし、子供の教育にも熱心だ。自分はまさにこういう女と結婚したかったのだから、それに満足していた。しかし、勝手な言い分かもしれないが、家に帰ってきても、華やぎのようなものが感じられないのが、物足りなかった。

ビールを飲み、鍋を箸《はし》で突《つつ》きながら、さきほどの電話の声を思い出した。あの甘えたようななれなれしい女の声。妻のくすんだ肌を見ながら、あの女の容姿はどんなだろう、あの電話をしてきた時はいったいどんな服装をしていたのだろう、とあれこれ妄想にふけった。

「都日新聞の夕刊、あるか?」

妻は黙って、テレビの隣の棚に重ねてある新聞の一番上の夕刊を持ってきて私に渡した。社会面を広げてみたが、当然、自分が気になる記事はなかった。

食事が終わると、十一時半からはじまる、今日のニュースを見た。

今日午後五時頃、京都市西京区嵐山元録山町《げんろくざん》で、高井美智子《たかいみちこ》さん（23歳）が、何者かに刃物で顔などを切られ、救急車で病院に運ばれました。高井さんは、祇園《ぎおん》にある勤め先の飲食店「シルバーブルー」に行くため、自宅から嵐山の駅に向かう途中だったということです。

ぼんやりと聞いていたが、ある固有名詞が私の頭を覚醒させた。

――シルバーブルー

呆然とした。私が、ついさっき聞いた名前ではないか。そう、あのアカギユウコという女があの甘ったるい声で囁いていたのが「シルバーブルー」だ。アナウンサーの声を通すと、同じ固有名詞なのに、無機質な印象になるから不思議だ。どこかのクラブの名前か何かなのだろう。そういえば、山川という男に言いがかりをつけられシルバーブルーに来られて迷惑しているとあの女は愚痴っていた。

私はテレビを消すと、風呂に入って床についたが、なかなか寝つけなかった。

翌日の朝、同じ都日新聞の朝刊に目を通していて、田中弘一が自宅で首を絞められて殺されているのを、宅配ピザを運んできた店員が発見した、という記事を見た。

一瞬、気持ちがぐらついたが、手がかりとなる画像データはすべて削除したのだから問題ない。自分とは何の関係もない男の死だ、と自分に暗示をかけて新聞を閉じた。

それからしばらく、私はただ淡々と今やっている研究に精を出した。

一カ月が過ぎたが、田中弘一についての新たな記事はない。

私は、なんとなく、先日電話で話した、アカギユウコという女のことが気になりだした。ネットでシルバーブルーを検索してみた。シルバーブルーは祇園にあるそこそこ大きなキャバクラだ。キャストをみると、いかにもという感じの濃いメイクのけばい女たちの写真が並んでいる。源氏名なのでどの写真がそうかは分からないが、この中に、あのユウコという女がいるはずだ。

こんな華やかな女と俺は話をしたのか。しかも、あんな親しげな口調で。そう思うと、いろいろな妄想が飛びかい、頭がくらくらした。

電話番号からして、彼女は、中京区なのでこの研究室からそう遠くないところに住んでいるはずだ。先日顔を切られた女と同じ店で働いているのだと思うと、ますます興奮した。どんな女なのか顔を見てみたくて仕方がなくなった。

日曜日の朝、研究所にウィルス感染させた細胞の様子を見に行き、それから私は、184を押して、非通知で例のアカギユウコの番号075―221―○○××を押してみた。

「はい、もしもし」

「あっ、アカギさんですか？」

「はい、そうです」

聞き覚えのある声に私はドキリとした。

「宅配便でお荷物お届けしている途中なんですけど、住所の字が半分雨でにじんで読めなくなってしもたんです。申し訳ないですけど、行き方教えていただけますか？　今烏丸御池あたりを西に向かって走ってるんですよ」

いかにも業者っぽさを装った話し方をした。

相手はしばらく戸惑っている様子だった。雨が降っていないのに、雨を言い訳にするのはちょっとまずかったかなと思ったが「堺町通姉小路上ル○×町5―203です。そこからやったら、御池通りを一本南に入って……」と説明しはじめた。私はその住所をメモすると、もう一度読み上げて確認した。

だいたいの住所は頭に入れた。アカギユウコはやはり存在していたのだ。もうこうなったら抑えられなかった。私は、堺町通姉小路上ル○×町5―203の住所に行ってみた。

そこはごく一般的な五階建てのマンションだった。２０３の郵便受けに赤木という名前がはってある。

オートロックになっているので、中に入れない。彼女の部屋を呼び出して面が割れるのはまずいので、適当に502号室を押してみた。留守だった。次に503号室を押してみるが、やはり留守だった。

ぼんやりと郵便受けの前に立っていると、突然ドアが開いて、学ランに坊主頭の右の眉に傷のある少年が出てきたので、それと入れ違いに中に入った。

エレベーターを待っている間、ガラス越しにさっきの少年が、ポケットに手を突っ込んだままアスファルトに唾を吐いているのが目に入ってきたからムカムカした。

——まったく今時の少年は、自分の息子だったら殴りつけてやるところだ！

私は心の中でそう吐き捨てた。

エレベーターで二階に上がると、203号室を探した。

赤木優子の表札をみつけて、しばらくその前に立っていたが、そのままエレベーターの前に戻り、彼女の部屋をしばらく見張っていた。

一時間くらいそうしていると、エレベーターが動き始めた。一階で止まると、上り始めて、今私のいる二階で止まったから、私は慌てて、エレベーターのドアの方を向き、乗る準備をした。

中から出てきたのは、ストレートヘアに紺のスーツを着た固太りの女だった。すれ違いざまに、女はちらっと私に一瞥を送った。気のせいか、こちらを観察しているような目つきだったので、私は思わず視線をそらした。もちろん、彼女が赤木優子と関係があるかどうかは分からない。二階には201号室から206号室までの六部屋ある。六分の一の確率しかないわけだが、なんとなく気になった。

女がエレベーターを下りて、通路の方へ曲がっていくまで、エレベーターの作動停止ボタンを押し、ドアを再び開けてそっと下りた。恐る恐る通路をのぞいた。女が203号室に入っていくのを見て、私は愕然となった。おみくじで大凶を引いたような心境だ。あれがユウコなのか？　いや、そんなはずはない。あんな顔は、シルバーブルーのページにはなかった。だいたい、見た感じからしてあれはキャバクラの女ではない。彼女の友人なのかもしれない。それしか考えられない。

研究室に戻ると、私は、自分はなんと愚かな行動をしたのだ、と後悔した。あんな女のことを気にしたのがいけなかったのだ。

しかし、よく考えてみれば、いったい自分が何をしたというのだ。宅配便を装って、あのユウコという女の住所を突き止めただけではないか。偽の電話をしたのは軽犯罪になるのだろうか。仮になったとしても、まさかそれが自分だとは突き止められまい。通話記録を調べれば分かるだろうが、そんなことは警察でもない限りできない。たかだか、その程度のことで警察が動くはずもない。

私は、コーヒーを入れると、明日の講義に使うスライドを、パソコンのスライドショーでチェックし、研究生の論文を読んだ。読み終わる頃には、何事もなかったように平静さを取り戻していた。

二日後、二人の刑事が私のところへやってきた。

一人は巡査部長の白木《しらき》、もう一人は、香川《かがわ》と名乗り警察手帳を広げて見せた。

私は、二人の刑事に来客用ソファに座るよう促してから、お茶を入れた。

「この部屋では、いつもお一人ですか？」

白木がお茶を一口すすってから言った。

「ええ、それが？」

「いえ、准教授ともなると、秘書の一人や二人はいらっしゃるのかと思いました」

「私は一人が好きなのです。それに、今時の大学は、予算縮小で、私のようなメジャーでない研究をしているものには、秘書代なんてでません。この大学は今年、非常勤講師が五十人も削減されたのです」

「厳しい世の中ですね。ここは学生さんなんかは自由に出入りできるのですか？」

「いえ、一応電話かメールでアポを取ってから来てもらうことにしています。突然、入ってこられると、論文なんかを読んでいる時に気が散りますから」

「同じフロアーでアポがいるのですか。ずいぶん神経質な性格ですね」

「そういうふうなことをよく言われますね。それで？」

いったいなんの用件なのか、それが早く知りたかった。

「先月の一月十日に、シルバーブルーという店に勤めている高井美智子さんが刃物で顔を切られた事件を知っていますか？」

「ああ、なんかそんな話をニュースで聞いたような……よくは覚えていませんが」

私はシルバーブルーと聞いて内心穏やかではなかったが、そう曖昧《あいまい》に答えた。

「そうですか」

白木刑事はしばらく考え込んでいる様子だった。

「実は、その事件の容疑者の事情聴取を今、行っている最中なのです」

「容疑者？　では、犯人は見つかったのですか。そんなようなことはまだ報道されていませんが」

意外な話の展開に私は興味をそそられた。

「いえ、まだ、断定したわけではありません。あくまでも容疑者という段階ですから、マスコミには公表していません」

「で、それはいったい？」

「赤木優子という同じ店で働く女です」

私は飛び上がりそうになったが、お茶を口に持っていくことでなんとか、平静を装った。

「赤木優子、という女性のことをあなたは知っていますか？」

やはりそのことか。心臓の鼓動が速まるのを努めて悟られないように一呼吸置いてから答えた。

「いいえ」

ここは否定してよかったのか、素直に電話したことを認めた方がよいのか迷ったが、わざわざ自分からよけいなことを言う必要はないと判断した。

白木が黙っているので、私は続けた。

「その女が切りつけたという証拠が出てきたのですか？」

「切られた本人が言っていることです。しかし、犯人はサングラスに毛糸の帽子を深々とかぶっていたので、ちゃんと顔を見たわけではないのです」

「では、被害者はなぜ彼女と？」

「まず動機があります。彼女は赤木と男関係でもめて、恨みを買っていたらしいのです。

それと、体格、雰囲気、声が似ていたというのが、高井美智子の話です。顔を切られたというのも、売り上げナンバーワンで赤木より若い自分に嫉妬してのことではないか、と。

犯人は絶対に彼女だと被害者は言い張っています」

「それを、彼女は認めたのですか？」

「いいえ。自分にはアリバイがある、と言っていました」

「アリバイ？」

「彼女は、その日、つまり一月十日の午後五時頃に友人のところに電話していた、自分にはれっきとしたアリバイがあると主張していたのです。高井が切られたのは同じ頃、嵐山の駅近くです。彼女が自宅から友人に電話していたとしたら、堺町通姉小路上ル○×町にいたことになりますから、約十キロ近い距離があるわけです」

「つまり不可能ということですか。で、それは証明できたのですか？」

「通話記録によると、その時間に彼女が電話していたことは確かです。彼女の家からその友人のところへ」

ああ、確かにそうだ。そうに違いない。

「で、我々はその友人に裏を取ろうとしたのです。ところが……」

そこで白木はじっと私の顔を睨んだ。私は額の冷や汗をぬぐおうとポケットに手を突っ込んだが、ハンカチが見つからない。

「その男、田中弘一は殺されていたのです。ですから、実際に話していたかどうかの裏はとれなかった。ここへきて、二つの事件に我々は遭遇したわけです」

「………」

「田中弘一のところの電話にも当然通話記録は残っていました。赤木からのものです」

「なるほど。二人は友人関係だったのですか？」

「ええまあ。田中はたちの悪い男で、電車なんかで、痴漢行為をするサラリーマンを盗み撮りしては、恐喝していたらしいのです。まあ、どっちもどっちですけれどもね」

「だとすると、敵も多かったわけですね？」

「ええ、そういうことになります。自宅から恐喝に使われていたと思われる写真のたぐいや、携帯のデータなどを押収して調べています」

「では、恐喝されていた人物の誰かが？」

「まあ、多分、そういうことでしょう」

「その赤木という女はなぜ、そんな男と友人関係にあったのですか？」

「彼女は痴漢の被害者だったみたいです。たまたま、それを撮影したのが、田中だった。それで、二人で、某不動産会社の山川という男を問いつめ、慰謝料と称して二十万円をせしめて折半したらしいのです。元々まともに働くのが嫌いだった彼女は、それに味をしめ、金がなくなると、その男の会社まで押しかけていっては金をせびっていたみたいです。そうこうしているうちに、山川は、会社を首になったそうです。それから、赤木優子は山川につきまとわれるようになった」

ああ、なるほど、それであの電話の内容の説明がついた。

「死人に口なし。つまり彼女のアリバイは成立しないというわけですね」

「ところが、彼女は窓を開けて大声で話していたので、隣の住人が話し声を聞いていたのです。それによると確かに彼女のようだったのです」

「のようだった、というのは？」

「まだ、はっきりとは断定できていなかったからです」

「ところで、それらの話が、私と何の関係が？」

思わずじれて聞いてしまった。

「関係がないことを願っています。が、しかし……」

なんとなく釈然としない言い方だ。なぜ、二人の刑事はここへやって来たのか。

「念のために、先月の十日のあなたの行動をおうかがいしてもいいですか？」

「アリバイ……ですか？　まさか、私がそのホステスに切りつけた、と疑われているとか？」

私は注意深く聞いた。

「いや、念のためです。誰にでも聞くことですから」

「うーん、あの日は……　一カ月も前のことなので、そう簡単には思い出せませんよ」

私は立ち上がってデスクの方へ行くと、引き出しを開けて、メモ帳を取り出した。

一月十日の自分の行動について、ひととおり確認すると、刑事に言った。

「あの日は、午前中はウィルス学の授業ですね。午前九時から午後一時まで。それから、向かいの洋食屋で食事をして、午後二時からインフルエンザ・ウィルスの精製法を研究員に教えていました。超遠心分離器を使う実験です」

「それはどういったものですか？」

「今、インフルエンザ・ウィルスを使った感染抑制の実験をある製薬会社から依頼されているので、純度の高いウィルスが必要なのです。ウィルス液を6000rpm、rpmというのは、英語で、Revolution per minute、つまり一分の回転数の意味で、その速度で回転させて、分離し、それを今度はその倍のスピード、12000rpmで回転させ、最後に24000rpmで回転させる、そうした工程を経てウィルスを分離するのです」

「時間的にはどれくらいかかるものですか？　その日の段取りなんかを教えていただけますか？」

「三回に分けて遠心器を使います。まず午後二時から6000rpmで二十分、次に12000rpmで午後三時から六時までの三時間、最後に24000rpmで、午後六時過ぎから九時過ぎまでの三時間を要しましたね。バッファ液で薄めたりする工程を含めれば、全部で、七時間くらいかかります」

「つまり、午後二時から午後九時過ぎまで、ずっとここにいらっしゃったのですか？」

「はい」

「それを証明できる人は？」

「遠心分離器を使っている間は、暇ですので、部屋で文献を読んでいましたから一人です。証明できる人と言われましても……。六時半から九時まではミーティングでみんなと一緒にいましたから、それを証明してくれる者はいるでしょう」

「午後三時から六時の間、つまり二回目に遠心分離器を回している最中は、一人で部屋にいたのですか？」

「ええ、トイレに立つ以外は一人でいましたね」

「だとするとその間に、あなたはいつでもここから抜け出すことができたわけですね？」

「まあ、そう言われればそういうことになりますが……あっ、そういえば、ちょうど遠心器をセットした後、つまり午後三時過ぎに、山田に、彼の書いた英語の論文を至急メールで送信するように頼みました」

「なるほど」

「彼がそれを送信したのが、ちょうど午後三時十五分頃です。パソコンに記録が残っているので、よろしかったら確認してください」

私は、パソコンを確認してもらうように刑事を促した。

二人の刑事にパソコンの画面を見せながら、アウトルックを開いて、一月十日のメールを探した。

「ありました、これです」

私は山田から来た添付ファイル付きのメールをマウスで示した。

送信者　山田純三
日時　２００９年1月10日　15:14
件名　「FEBS Letters　研究論文」

「これをプリントアウトして、五時半過ぎくらいまでかかって添削《てんさく》に取り組みました」

「なるほど、そうですか。では、出かける時間はあなたにはなかったことになりますね」

「山田に裏を取っていただければ、分かると思います。結構、細かく直しましたから、時間を食いました。だいたいそのシルバーブルーという店の女と私は一面識もありませんよ」

「まあ、そっちの方はそうでしょう」

そっちは、ということは、田中弘一のことで自分は疑われているのだろうか。私は刑事の話の中でいったい何がすでに決定した事実なのかを推し量った。

「で、やはり、彼女が犯人でないとしたら、他に犯人の目星はついているのですか?」

それには答えずに刑事は続けた。

「そもそも、その電話が偽装だったわけです」

「偽装?」

「非常に奇抜なアリバイ作りを彼女は思いついたのです。あの、単純そうな女にしては上出来なトリックをです」

「トリック。また、大きくでたものですね?」

私は笑おうとしたが、唇が引きつった。

「実際に田中弘一に電話したのは、赤木優子ではなく、代役にやらせたのです」

「代役?」

私は聞き返した。

「ええ、そうです。彼女とよく声の似た代役に」

「つまり電話をかけていたのは、他の人間ということですか」

「そうです。その間に優子は、高井を切りつけに嵐山へ行っていたのです。着信履歴から、田中が自分と話していたことが分かれば、自分は疑われないだろうと踏んだわけです。実に大胆です」

「しかし、そんな代役を使えば、弱味を握られるのではないですか。あまりうまい手とはいえませんね」

「絶対に裏切らない人間みたいです。その代役が」

「じゃあ、どうしてそれがばれたのですか？」

「声紋です」

声紋……。なるほど、そういう手があったのか。さすが警察だ。

「彼女は、田中と話していた証拠を完璧なものにしようと、会話をその代役に録音させておいたのです。そこがあの女の愚かなところです。警察で声紋鑑定したところ、よく似ているが、彼女の声ではないということが判明したわけです」

「なるほど……つまり、彼女のアリバイは崩れた」

「そういうことです」

「では、やはり犯人は彼女、というわけですか」

「ええ、そういうことです。こちらとしては、そのつもりで捜査を進めています。ところが、ここへきて彼女がおかしなことを言い出したのです」

「それはいったい？」

「録音した、田中とその代役の会話を何度も聞いているうちに、これは田中の声ではないと言い出したのです」

「…………」

「まあ、そんな戯言《たわごと》は無視して捜査を続けていました。そうしているうちに二日前、赤木の家から私のところへ通報がありました。不審な男が宅配便を装って電話をかけてきた、と」

やはり、その話か。あんなことをするべきではなかったのだ。私は自分の忌々しい癖を呪った。

「調べたのですか？　その電話を」

「ええ、ここからかけられていることが判明しました。宅配便を装って」

「それで、あなたたちは私の目の前にいるわけですね。さて、続きを聞きましょう。もったいぶらないでください。なぜ、その電話を調べたのですか？」

「通報を受けたので、とりあえず署の刑事をマンションまで出向かせました。彼女のマン

ションの二階のエレベーターの前にあなたが立っているのを、うちの刑事が目撃していま
す」

「ちなみにその刑事は女性？」

「ええ、そうです」

エレベーターですれ違ったあのストレートヘアの女だ。まったくなんという失態だ。

「それで、もう一人の刑事にあなたを尾けさせたら、ここの研究所に着きました」

確かに、私は赤木優子にストーカーまがいのことをやってしまった。しかし、そんなことくらいでどうして刑事はここまで足を運んできたのだ。

「赤木優子のマンションに行ったのは、あれ一回きりですよ。たったそれだけのことで、私はストーカーの罪に問われるのですか？」

「オートロックを通り抜けたでしょう。厳密には偽電と住居侵入といった軽犯罪にはなりますね。まあ、それはいいとして、なぜ、彼女の家に行ったのですか？」

「それは……」

「だいたい、どうして彼女の電話番号をあなたは知っていたのです？」

まさか田中弘一のところで知ったとはいえない。他の方法というのも調べられれば嘘がばれるので危険だ。思案したあげく、私は苦しい理由を口にした。

「なんとなく適当に番号を押してみたのです。そうしたら女が出たので、宅配便を装って住所を聞いてみた。ほんの遊びのつもりだったのです。魔が差した」

「適当に番号を……ですか。最初からその番号を知っていたんじゃないですか？」

刑事は疑わしげな目で私を見た。

「適当に、です」

私は言い張った。

「アカギさんですか？ とその宅配便は最初に言ったと聞いていますが」

「それは違います。向こうが、出るなり、赤木です、と先に言ったのです」

「そうですか。それで、女の声がしたから家まで行ったわけですね」

「今から思えば愚かなことをしたと思っています。しかし、それだけのことで、刑事さんがここまで来るとは」

「傷害事件の容疑者の周辺で起こっていることですから、些細なことでも見過ごすわけにはいかないのです」

「誓って言いますが、私は、赤木優子とは一面識もありませんし、その傷害事件ともなんの関わりもありません。その女に聞いてもらえば分かります。向こうも私のことはまったく知らないはずです」

「まあ、それはそうでしょう」

　刑事は、妙に含んだ言い方をしてから、続けた。

「赤木優子には弟がいます。浩太郎《こうたろう》というのですが、その弟のことは、あなたは知っていますね？」

「弟？　いいえ、知りません」

「そうですか。向こうはあなたと話したことがあるし、会ったこともあると言っていましたが……」

「まさか。そんな記憶、私にはまったくありませんよ。なんですか、そのデタラメは。からかうのもいいかげんにしてください。赤木優子と一面識もない私がなんで弟を知っているのですか」

「では、田中弘一はどうですか？　彼のことをあなたは知っているでしょう？」

「どうしてまた？　私はそんな人物は知りません」

　そう否定しながら、押収したデータから、田中と自分を繋《つな》ぐなんらかの証拠を警察はみつけたのだろうかと一瞬不安になった。

　振り返ってみれば、悪夢は二年前から始まった。私は、少し化粧が派手でミニスカートをはいた女子学生に心を奪われ、夢遊病者のように彼女をつけ回し、家の前に張り込んだり、無言電話をかけたりしているうちに、ついには、その女子学生と同じ電車に乗り込み、体をさわるまでに至ってしまったのだ。そして、運の悪いことに、田中弘一にその証拠を動画で撮影されてしまった。

もちろんそんなことが発覚したら、『某有名私立大学准教授痴漢行為で逮捕』とマスコミに大々的に取り上げられるだろう。私の人生が破滅するばかりか、家族の平穏な生活まで奪われてしまう。

私は、田中に大金を一度に払うと約束し、そのかわりに自分のデータを全部削除した証拠が欲しいと、彼の自宅に現金を持って訪れた。あの時、携帯もパソコンも、自分に関わる画像はすべて削除させたはずだが、もしかしたら何か出てきたのだろうか。

私は冷や汗をかきながら、黙って刑事の出方を待ったが返事は返ってこない。決定的な証拠があれば、すぐにそれを突きつけているはずだ。やはり、警察では、自分と田中を繋ぐ証拠は持っていないのだ。

「赤木優子の家に電話をかけてマンションまで行ったことは認めますが、田中弘一などという人物は知りません」

私は自信を持って言った。

「実は、田中さんが殺された時刻のあなたのアリバイはすでに確認させていただいているのです」

「山田にですか？」

刑事は黙って頷いた。なるほど、刑事は、最初から私が田中を殺したことを疑っていろいろ調べてからここまで来ているのだ。

「英語の論文ですが、山田さんに言わせると、あれだけ細かく直そうとすれば、かなりの集中力を要するし、優に二、三時間はかかるだろうと」

「ええ、かかりますね。実際、あの日の三時十五分から二時間半ほどかけてここで直したわけです」

「だとすると不思議なことになるんですよ」

思わせぶりにそう言うと刑事は考え込むように腕を組んだ。

「不思議とは？」

「山田さんによると、彼のデスクのパソコンを誰かがさわったというのです。山田さんが出勤したのは午前十時。それより前にあなたは研究所に来ていたそうですね」

「何が言いたいのです。彼のパソコンをさわったのが私だというのですか？」

「研究所内のパソコンのパスワードはすべて共通だそうですね。つまり内部の人間だったら開くことができるわけです。たとえば、朝早くに研究所に来たあなたは、メモリーステイックかなにかで、山田さんのパソコンのデータをこっそりコピーした。そして、あらかじめ添削をすませてから、三時過ぎに田中のところへ行った。とも考えられます」

「そんな証拠がどこにあるのですか？　私は山田から論文をメールで受信したんです。それから、プリントアウトして、ここで添削したのです」

私は言い張った。

「山田さんの論文なんですが、あなたに送信しようとしたら、更新日時が一月十日午前八時五分となっていたのだそうです。彼はその時間に出勤していないのに、ですよ」

しまった！　心の中で舌打ちした。

私は論文を彼のパソコン上で開いて見た時、題名にまで綴りのミスがあったので、その場で直してしまったことを思い出した。

「そうすると、誰かがさわったんですかね。私は知りません」

私は開き直った。シラをきり通せば、警察としてもどうすることもできないだろう。

「なるほど。そういうことなら、そうしておきましょう」

白木刑事が引き下がったので、私は勢いを得た。

「だいたい、山田うんぬんより、私がその田中という男を殺した証拠がどこにあるのです。私のまわりを嗅ぎ回っている暇があったら、他を当たった方がいいですよ。そうこうしているうちに真犯人に逃げられてしまいますよ」

「ところが、あなたが、田中を殺した現場にいたというのは疑いようのない事実なのですよ」

「まさか、いったいなんの証拠があって……」

「まあ、子供の言うことなんで、最初はまともに聞いてはいませんでしたがね」

「子供の言うこと？」

　いったいなんの話なのだ。私は眉をひそめた。

「さきほども言いましたでしょう。赤木優子には弟がいると。まだ中学生なんですが、弟の浩太郎が言うには、宅配便を装ってかかってきた声、つまりあなたの声と、田中の家にかけた時に出た人物の声が同じだと言うのです。子供のカンというやつですかね」

　なんという突拍子もない話をこの刑事は持ち出してくるのだ。

「私と一面識もない、話したこともないそんな少年がどうしてそんなことを言うのです。とんだ言いがかりだ。それとも、刑事さんはそんな少年の話を信じるのですか？」

「それが、まんざら信じられない話でもないのですよ。赤木優子の声の代役をやっていたのは、他でもない、その弟の浩太郎なのですから」

　悪い冗談だと思い、私は笑いながら言った。

「そんなバカな。いくらなんでも、男の声だったら別人だと分かるでしょう。ましてや中学生だなんて」

「そこが盲点なんです。弟は、まだ、中学一年生で声変わりしていないのです。ケンカっ早くて、顔が傷だらけの見るからに悪ガキ風なんですけど、声の質だけが非常に姉とよく似ているのです。だから、田中をだませると思ったんですね。普段から姉の口調をよく真似ていたそうです。姉の代わりに営業の電話をして、小遣い稼ぎまでしていたのですから慣れたものです」

それで思い出した。私は赤木優子のマンションのオートロックを通り抜ける時、学ラン姿の少年とすれ違ったことを。

「そんな……あんな悪ガキの言うことを鵜《う》呑《の》みにするのですか。警察は」

私の声は震えていた。自分が何かとんでもないしくじりをやらかしたことだけは事実だ。

「もちろん、言うことだけだったら鵜呑みにしません。おわかりのように、声紋鑑定は、裁判などの証拠としての価値は、指紋鑑定に次いで高く、筆跡鑑定より高いとされています」

「私の声紋を調べたのですか？」

「五時一分から二分間、赤木優子、いや浩太郎と、田中のマンションで話していた人物の声紋鑑定をしたところ、宅配便を装って赤木優子の家にかけてきた人物と同一であることが判明しました。あなたの電話がへんだと気づいた浩太郎が咄嗟に録音したのです。つまり、その時間にあなたは現場にいたことになります。田中の死亡推定時間は午後四時半から五時半頃。五時一分に電話に出たあなたは、田中を殺した直後だったのです」

万事休す。もうこれ以上足掻《あが》いても無駄だ。そう思うと全身が脱力した。が、不思議と絶望感は湧いてこなかった。

「お手上げですね。まったく、私もとんだどじをやらかしたものです」

「しかし、どうも我々には分からない。なぜ、田中を殺した後で、あなたは、そこの電話に出たりしたのですか?」

私は、自分でも、漠然と問うていた、このなぜ、という疑問を反復し、ゆっくりと答えた。

「咄嗟に、死亡推定時刻をずらせると思ったのです。予定より十五分ロスをしていたから、それを取り戻したかったのです。私は何よりも時間の段取りが狂うのが嫌いなのです」

「声でばれるかもしれないと思わなかったのですか?」

「最初にかかってきた時は殆ど話す気はなかった。ああ、とか、はい、とかそれくらいで答えようと思ったのです。ところが、ヒロ?　と聞くから、間違い電話だと思い、そう言って切りました。なのに、電話はもう一度かかってきました。それでヒロというのは、田中弘一の弘《こう》という字を訓読みしたあだなだと気づきました。相手は、私が田中だと思いこんでいるようだった。ですから、振り込め詐欺の例なんかを考えて、案外、人は電話の声で相手をはっきり認識できないのではないか、と思ったわけです。もしかしたら、これはチャンスなのではないか、と。五時一分に田中が生きていたことが証明されれば、殺されたのはそれ以降ということになります」

「確かにチャンスには違いありませんでしたね。それに、相手は、優子ではなく弟の方ですから、当然、あなたが田中だとは分からなかったわけです」

なんと滑稽《こっけい》なのだ。見ず知らずの男女、いや男二人が、アリバイ作りのために、目的とは別の人物と話していたというのか。しかも、その舌っ足らずな甘えた演技が、あのアスファルトに唾を吐いた不愉快な少年とはつゆ知らず、おかしな妄想にまで悩まされていたのだ。まさに、天罰としか言いようがない。自分で自分を嘲笑《あざわら》ってやりたい心境だ。

「山田の論文だけじゃアリバイとして弱いと最初から思っていました。田中が五時三分以降に殺されたとなれば、より強固なアリバイを作れたわけです。私は、五時四十五分には研究所に戻ってきました。片道四十分はかかる高槻から四十二分間で田中を殺して帰ってくるのは物理的に不可能です。アリバイとして完璧だった」

「よけいなことでしたね」

「欲張ったのがいけなかった」

「でも、それだけなら我々はあなたにたどり着きはしませんでした。なぜ、あなたは、赤木優子の家を突き止めたりしたのですか？」

「刑事さん、それが私の欠点なのです。この癖が直らないから、どうにもならないから、だから、田中弘一みたいな男につけ込まれて、金をせびられるハメになったのですよ」

あの日、私は、いつもより早く研究所へ行き、山田のパソコンの中にある論文をメモリースティックにコピーした。それを自室のプリンターで印刷し、午前中に添削をすませておいたのだ。午後三時過ぎに受信した山田のメールに添付されていた同じ論文も念のためにプリントアウトした。山田が自分に送信する前に論文になんらかの手を入れた可能性があるからだ。田中弘一の自宅に行くまでの電車の中で、二つの論文に相違があるかをさっと確認し、手を入れられたページを、後からプリントアウトしたものと交換した。

田中のところへ現金を持って訪れた私は、パソコンの画像をすべて削除したのを確認してから、ベルトで彼の首を絞めて殺した。

最初からそのつもりだったのだが、予定より十五分もよけいに時間を使わなければ、彼の息の根を止めることができなかったのが誤算だった。

そして、現場を去ろうとした時、あの電話が鳴り響いたのだ。

「あの時、電話を取らなければ……」

「確かに、あなたがあの電話に出なければ、我々はあなたの日の前に、今こうしていることはありません。こう言うのもなんですが、あなたはうまくしくじってくれました」

「しくじり？　いえ、そうではありません。取らなければ、今でも、この自分の癖に悩まされ、いつかは別の形の破滅が待っていたでしょう。だから、これでよかったのです」

「それが分かっているのなら、どうしてその癖とやらをもっと早くにやめなかったのですか？　人殺しなんかする前に。あなたのような怜悧《れいり》な研究者がいったいなぜ？」

答えは見つからなかった。私は右手で顔を覆い嗚咽《おえつ》した。こんなふうに声を出して泣くことを自分がずっと望んでいたような気がした。背負っていた重たい十字架を下ろした、そんな安堵《あんど》が訪れ、私は子供みたいに泣き続けた。

「そういう癖に苦しんでいる人は、私もたくさん見てきましたよ。高学歴で社会的地位もあるのに、どうしてそんなつまらないことで人生を棒に振るのか、と首をかしげるような事件に遭遇すると、人間というのは奥が深いのか浅いのかさっぱり分からない。いまだに謎だらけですよ」

そう言って、白木刑事は深いため息をもらした。その声には同情とも軽蔑とも異なる、どこか虚無的な響きがあった。

父親はだれ？

竹脇七菜代《たけわきななよ》は、動物舎に納品されたマウスを無菌室に運んだ。ケージを開けて中の様子をのぞいてみる。六匹の実験用マウスが藁《わら》の上で鼻をぴくぴくさせながら、あたりをうかがっている。

すべて、妊娠十四日目のメスだ。

「それにしても、便利になったものね」

隣でマウスの様子を神妙な顔で見ている研究生の大平幸司《おおひらこうじ》に向かって言った。細身、そしてムースであちこちにとばした髪、きれいに手入れされた眉。今風の若者だ。

「便利というのは？」

「近ごろでは、妊娠十四日目のマウスでも、数量と納入日さえ指定すれば、その日のうちに手に入るようになったでしょう」

「以前はちゃんと交尾させていたんですか？」

「ええ、そうよ。今では、そういうことまで業者がやってくれるようになったの」

人間の仕事というのはどこまで細分化されていくのだろう。その恩恵に与《あずか》っているから、確実なデータが早くだせるようになった。しかし、あまりベルトコンベアー化されていくと自分で何もできなくなってしまうことに一抹の不安を感じることがある。

出来合いのおかずばかり食べていて実際に元の材料から料理が作れなくなるようなものだ。もっとも科学の進歩は急速で、そうは言っていられない時代になったのだろうが。

「一時代前だったら、メスが数匹入ったケージに、オスを一匹入れて、翌朝、プラグ、つまり膣栓を観察して、交尾がおこなわれたかどうかを確認しなくてはならなかったのよ」

「複数のメスに一匹のオスですか。まるでハーレムですね。喜んでいいのか悲しんでいいのか……」

大平が引きつったような笑みを浮かべた。

「以前はね、交尾がおこなわれたマウスを別のケージに移して、そこから日数を数えたの。十四日間。その手間がすべて省けたわけ。だから、このメスのお腹《なか》の中に今あるのは、きっちり受精十四日目の胎児、マウスの場合人偏に子で〈胎仔《たいじ》〉と書くものなの。今からこれを摘出します」

大平の顔がゆがんだ。

「ほら、これが数日前に採取した胎仔の心臓の細胞よ」

七菜代は、大平に顕微鏡で細胞を観察するように促した。

「心細胞は、取り出して一日目に顕微鏡で観察すると、心筋細胞がピクピクとビーティング、つまり伸縮しているのが観察できる。そのときの収縮は一つずつの細胞が好き勝手なリズムを刻んでいるわけよ。でも、どう？」

「シャーレの上の細胞はすべて均一に鼓動してますね」

「そう。数日すると心筋細胞は増殖して一枚のシート状になる。だから、シャーレ上のすべての細胞が均一のリズムで収縮するようになる。よく見て。収縮は渦巻きのような非線形運動を示しているでしょう」

大平は顕微鏡に見入って「なるほど、これはすごい。細胞レベルになっても、各々がこんなふうに鼓動を続けているなんて」と感嘆の声をもらした。

「さて、この実験サンプルがまだいくつか必要なの。胎仔の心臓の摘出手術に取りかかるわよ」

受胎十四日目の胎仔は果たして生命と呼べるのだろうか。七菜代の中では、違うと言えた。しかし、問題は、この胎仔を採取するためには、母胎を犠牲にすることになるということだ。そのことにいつになく感傷的になっていた。

「まず、こうやって頸椎《けいつい》を脱臼させて安楽死させる」

そう言いながら、一匹のマウスをケージから取り出した。

大平は低い息をもらして顔を背けた。

「どうしたの？」

「昔、飼ってたハムスターに目がそっくりで……」

「ほら、しっかり見てちょうだい」

大平がぶつぶつ言うのを無視して、左手で首のところを押さえて、右手で尻尾《しっぽ》をもって強く引っ張る。マウスは数秒間、全身を痙攣させていたが、まもなく動かなくなった。こうすると、首のところで頸椎が外れて殆ど苦しむことなく絶命する。

それから、下腹部に手術用のハサミで切り込みを入れて、頭部へ向けて皮膚をはぎあげる。大平は失神寸前のように目を白黒させた。

人体の解剖の実習中に失神する学生を何度か見たことがあるが、マウスの実験でここまで過敏に反応する者は初めてだ。

七菜代は、いったん作業の手をとめて立ち上がると、ぽんと大平の肩をたたいた。

「これくらいでどうしたのよ。あなた、医者になるんでしょう？」

大平は、はっと我に返ると「ええ、そうですね……僕には向いてないのかもしれません。

医大になんか入るんじゃなかった」と情けない声で認めた。

腹の皮を半分はがされたマウスを見て、口を手で押さえて「うっ」と一言もらしたかと思うと、大平は部屋から出て行ってしまった。

しばらくして戻ってきた彼は、一大決心をしたような顔つきになっていた。

「今日はいいわ。そんな状態でここにいてもらってもこっちの気が散るから。隣のウサギ小屋の掃除をしてきてちょうだい」

七菜代はつっぱねるように言った。大平は、救われたような顔になり「すみません」と頭を下げてでていった。見た目だけではなく、中身まで女の子みたいだ。いや、こういうことはむしろ女子の方が腹が据わっているから向いているのかもしれない。

ハサミを再び持ち、マウスの腹の皮をはいでいく。

人間の感覚というのは不思議なものだ。今まで、無造作にやっていたことが、今の研修生の過剰な反応のせいで、ひどく残酷な行為に感じられてくる。

気の迷いが心の隙間に入ってきて、普段通りに手際よく作業が運べない。

——こんなこと、私だって、胎教に悪いのに。

七菜代は心の中で舌打ちした。つい最近、自分が妊娠三カ月であることを知った。教授に相談して、しばらく今の研究からはずしてもらおうかと考えたが、そんなことはプロとして許されないと判断した。

七菜代は、自分の手によって腹を半分裂かれたマウスを凝視した。

たとえねずみとはいえ、妊娠した母胎を胎児と一緒に殺してしまう。残虐な行為だ。目的の実験データ一つ出すのに、何十匹というマウスを犠牲にする。

この研究は、ある製薬会社から依頼されたものだ。その会社が最近開発した薬剤の心筋における作用についてのデータを出すのが目的だった。

出されたデータは小さな研究雑誌に論文が掲載されることは間違いないだろうが、それがいったいどこまで人間の社会に貢献することになるかは疑問だ。仮にその新薬が世に出て、病院で使われるようになったとしても、ただの毒性チェックでしかないこの研究の貢献度など、ほんの一部だ。

人間という利己的な生き物のほんのわずかな科学の進歩、それとこの哀れな小動物の命、天秤《てんびん》にかけたら果たしてどちらが重いのか。

——いや、そんなことは考えてはいけないことだ。

この道七年のベテランである七菜代にとって、実験動物の命に感情移入しないのは、当然のことだし、心のスイッチの切り替えは容易だった。

——これは、たとえば、生きのいい魚をさばくような、そんな感覚にすぎない。

七菜代は邪念を振り払い、自分にそう言い聞かせると、作業に取りかかった。

子宮ごとに胎仔を取り出し、培地を入れたシャーレにピンセットで移していく。培地とは、生物組織を培養する際の生育環境を提供するものだ。

マウスは子だくさんといわれている通り、一度に八匹から十二匹の子供を妊娠する。そのため、子宮が一列に連続しているのだ。その連続した子宮を培地の上でハサミを使って切り裂き、胎仔を取り出して、別のシャーレに移す。

細かい作業だ。

突然、肩に重苦しさを感じて、七菜代は手を休めた。近ごろこの一連の作業をするとひどく疲れるようになった。

今日はいつにもまして体が重い。

ピンセットを再び手にするが、どうにも腕がだるくて、取り落としそうになった。

椅子に座ってしばらく休むことにした。

コーヒーでも飲んで気分転換しよう。そう思い、椅子を半回転させて立ち上がった時、目の前に誰かが立っているのに気づいた。

——えっ？

それは少女だった。いったいいつから自分の真後ろに立っていたのだろう。七菜代から約一メートルくらいの距離だ。ラボの扉の開く音にすら気づかなかった。

しかも、およそこんなところには相応しくないセーラー服を着た女子高生だ。

少女はちょうど自分の行く手に立ちはだかっている。七菜代は深呼吸して、二、三歩後《あと》退《ずさ》りした。

少女は色白で、ほっそりとした輪郭、大きな瞳、この世のものとは思えないほどの美しさだ。どこかで見たことがあるような気がした。

「あの……何か？」

そう声を発した瞬間、

――私は殺されたの。

七菜代の心の中に言葉が入ってきた。身動きできずに少女の顔を凝視した。口はしっかり結ばれている。水晶のように澄んだ冷たい瞳が、きらりと光った。その閃光が七菜代の胸に手術用のメスのように斬りかかってきた。

――私は殺されたの。

声が再び心に入ってきた。殺された？　その言葉の意味を理解しようと必死で考えているうちに、ふと少女の下腹部を見て、戦慄《せんりつ》した。なんとお腹が透けて、その奥の子宮の中まで見えているのだ。小さな細胞がどくんどくんと動いているのが。

胎児！

七菜代は、悲鳴をあげた。

ふと気がつくと少女の姿は消えていた。

そこで、七菜代は目覚めた。今のは夢だったのか。

あたりを見回す。シャーレの中に連なる子宮の固まりが血だまりのようになったまま放置されている。

作業の最中に自分は、うっかりうたた寝してしまったのだ。

それにしても、妙にリアルな夢だった。体がぞくぞくしてきた。

あの夢の中の少女が誰なのかを思い出した。

高田龍子《たかだたつこ》。

そう、少女は、七菜代の高校時代の同級生の高田龍子だ。今やっている研究への罪悪感が、七菜代に昔死んだ友人の幽霊の夢を見させたのかもしれない。

――殺された？　いや、そうじゃない、彼女は自殺したのだ。

七菜代は、培地の上に切り取られたマウスの連なる複数の子宮を観察した。それから、さきほどの高田龍子の子宮の中に見えた細胞の鼓動を思い出し、あまりにもよく似ていたのでめまいがした。

今、自分がしようとしているのは、この子宮から胎仔を取り出し、そこからさらに心細胞を採取して、培地で培養することだ。

そして、七菜代のお腹の中でも、皮肉なことに同じほ乳類の胎児が育っている。

この間、産婦人科で、お腹に聴診器をあてられ、「どくん、どくん」と心臓の音をきいてきたばかりだった。

急に吐き気を催して、トイレに駆け込んだ。消化し切れていない昼食をすべて便器に戻した。冷蔵庫からミネラルウォーターを取り出して飲んだ。

高田龍子とは、高校二年の時、同じクラスだった。彼女は、三学期の終わりに校舎の屋上から飛び降りて自殺したのだ。

妊娠三カ月だったという。彼女のお腹の子の父親はいったい誰なのか、という噂で当時持ちきりになった。結局、分からずじまいのまま、事件は、失恋を苦に自殺、という記事だけにとどまった。

葬儀に参列したクラスメートはみんな泣いていた。

「明るくて、優しくて、みんなを楽しませてくれる子だったのに……」と嗚咽しながらマスコミに向けられたカメラに応じる女子もいた。テレビでよく見かける光景だ。どこかで見たことのあるシーンをみんなは再現している。まるで脚本が最初から用意されていたみたいに。七菜代はその時、そんなふうに冷めた目でみんなの様子を観察していた。

神妙な顔で焼香をする校長と教頭は、彼女の死を悲しむより、学校側の責任を問われる「いじめ」というもっとも表向き体裁の悪い原因の自殺でなかったことに内心胸をなでおろしているようだった。

確かに、七菜代が記憶している限り、高田龍子に対する「いじめ」はなかった。

彼女は、見かけの透き通るような美しさからくるイメージと相反して、運動神経が抜群で負けん気の強い性格だった。

どちらかと言うと主導権を握る方だったから、友達にいやがらせをされて泣き寝入りするタイプではない。

情熱的な恋愛をし、妊娠し、そして失恋したから自殺した。激情型の彼女だったら、ありえることだ。特に彼女と親しかったわけではない七菜代は漠然とそう思っただけだった。

——私は殺されたの。

夢の中で龍子が囁く言葉を思い出して、慌ててそれを頭から払いのけると、心細胞の摘出作業を続けた。

シャーレに細胞をまんべんなくばらまくと、インキュベーターの中に入れた。

一連の作業が終わると、マウスの死骸を冷凍庫に入れて、動物舎を出た。

エレベーターで一階に降りて基礎棟のホールを横断して出口に向かって歩いていると、動物舎主任の毛利《もうり》五郎《ごろう》とかち合った。

「七菜代先生。もうお帰りですか」

ふと時計を見ると、七時過ぎだった。

「ええ、今日は早めに切り上げます」

「一杯、飲みに行きませんか？」

親しげな口調だ。

毛利は解剖学教室の講師で、T医大きっての二枚目といわれている。

自分が特に面食いだとは思わないが、毛利の端整な顔に好感を持っていたことは確かだ。

高校教師である夫が、今年の夏、オーストラリアへホームステイで行く生徒の視察旅行に行って留守だった時、二度ほど誘われて気軽に飲みに行ったことがある。教養もあって、会話もそこそこ楽しい。

仕事の上司としても、七菜代は毛利のことを信頼していた。だが、二度目に飲みに行った時、調子にのって飲み過ぎて、泥酔してしまったのは失敗だった。

「七菜代先生にはこんな可愛い一面があるんだ。無邪気にはしゃいで、俄然イメージがよくなったなあ」

と、翌日、なれなれしい口調で言われた。あの時の毛利のねっとりとからみつくような視線は忘れられない。その時、七菜代は、彼の顔を見ながら、自分が大変な弱味を握られてしまったことを後悔した。

それ以来、毛利とは距離を置くようにしていた。

「いえ、夫が待っていますから。毛利先生も、私と飲みに行っている時間があったら、家庭サービスでもされたらいかがですか？　すごい美人の奥さんだそうじゃありませんか」

イヤミっぽくそう言うと、自動扉をさっさと抜けて出て行った。

そろそろ外の空気が冷え込み始める季節になってきた。バス停まで五百メートルほどの距離を冷たい外気を浴びながら歩いているうちに、また、さきほどの高田龍子の幻覚が脳裏に浮かんできた。彼女の透き通るお腹にあったもの。まさに、七菜代が顕微鏡で観察しているのと同じものが心音を発しているのだ。

そして、それは、七菜代が二週間前に産婦人科で確認した音と重なった。

マウスも人間と同じ、ほ乳類だ。心細胞のレベルでいったいどれくらいの差があるのだろう。

こんなふうに、自分の研究について突き詰めて考えたのは初めてだ。やれやれ、それにしても、なんて因果な職業なのだ。

今日はいつになく打ちのめされ、立っているのがしんどくなり、握り棒に寄りかかった。

家の近くのスーパーに寄って、鍋の材料を買って帰宅すると、夫の輝男《てるお》がぼんやりとニュースを見ていた。

「あら、早かったのね」

輝男はちらっと七菜代の方を見たが、すぐにテレビに視線を戻した。おかえり、も言わない。

おめでたのニュースを伝えた時、夫はちっとも嬉しそうな顔をしなかった。結婚して五年、もうあきらめかけていた頃に赤ちゃんができたのだ。手放しで喜んでくれると思っていただけに、夫の疎ましそうな表情に、七菜代は戸惑った。

心なしかそれ以来、輝男の態度がよそよそしく感じられて仕方がないのだ。帰宅も以前より遅くなり、七菜代と視線を合わそうとしなくなった。

しかも、夫は、七菜代が妊娠してから、体にさわろうとしない。うっとうしそうにするのだ。昨日は思い切って、後ろから夫の肩に無理矢理両手を絡めると、夫はしばらくじっとそのままにしていたが、「ごめん。今日は、疲れているんだ」と言って七菜代の手をそっとはずして席を立った。

夫は子供が欲しくなかったのだ。そう思い、がっかりした。それから、夫婦の関係にわだかまりができ、ぎくしゃくするようになった。

白菜、豆腐、ネギを切り、鍋の用意をした。

「少し寒くなったから、鳥鍋にしたの」

カツオと昆布で取ったダシの中に骨付きの鶏を入れてしばらく煮込んだ。鍋を挟んで夫と向かい合わせに座った。鶏のダシが十分に出たところで、白菜、ネギ、豆腐、春菊を入れる。七菜代は夫の器にポン酢と大根おろしを入れた。

夫はビールを飲みながら、箸《はし》で鍋の具をつついた。

「もしかして……」

思い切って、夫の気持ちを確かめたくなったのだが、なかなか言葉が出てこない。

「何？」

「赤ん坊のことなんだけど……嬉しくないの？」

しばらく夫は返事をしなかった。七菜代は聞くのではなかったと後悔し、泣きそうになった。

「いや、嬉しいよ。もうすぐ三人になるんだ、と思うとなんだか信じられなくてね。まだ、心の準備ができていないんだ」

淡々とした口調だった。それでも、嬉しい、という言葉がきけただけでもよかったと思った。

お腹の子が望まれずに生まれてくるのだったらあまりにも可哀想だ。ここのところ、そんなふうにくよくよ悩んでいた。父親になる決心をしようとしている夫の態度にほっとして、涙がにじんできた。

「そう。来年の今頃は、こんなふうにのんきに鍋なんて食べてられないわよ。なんたって赤ちゃんがいるんですもの」

七菜代は弾んだ声で言った。

夫は少し口をほころばせた。鍋を食べているうちに体があたたまり、すっかり気分がよくなった。

「実は、今日、ちょっといやなことがあったの。でも、今となっては、なんだか遠い出来事のような気がする」

七菜代は自分のお腹をさすりながら、さきほどの奇妙な出来事を告白する気になった。

「どんなこと？」

「あなた、高田龍子って覚えてる？」

輝男のこちらを見る目が一瞬凍った。覚えていないはずはない。輝男は、彼女が自殺したときの担任だったのだ。つまり、あの時、七菜代の担任でもあった。

もちろん、七菜代は輝男とその当時から恋愛関係にあったわけではない。よくある女学生のように、密かに彼に憧れていただけだ。もの静かで、知的な雰囲気をたたえている英語の教師。運動神経が抜群でテニス部のコーチでもあった輝男に恋いこがれていた女子はたくさんいた。七菜代は、その女子たちの一人に過ぎなかった。だから別に珍しいことではない。

七菜代が京都の薬大に入学してからのことだった。通学途中の市バスの中で輝男と再会したのだ。元々彼に好意を寄せていた七菜代の恋心に再び火がついた。つきあって欲しいと告白したのも七菜代の方からだった。

「覚えているよ。彼女がどうしたんだ」

「さっき、彼女の幽霊がでてきたの」

夫の顔は一瞬青ざめたが、からかうのはよせよ、と言いたげな視線を七菜代に送ってきた。

「なーんて、冗談よ。実験している最中に、うたた寝してしまって、へんな夢を見てしまったの。『私は殺されたの』なんて言うの、その幽霊が」

「幽霊ね。でも、彼女は自殺したんだよ。殺されたんじゃない。遺書が残っていたはずだ」

「友達に宛てた手紙だけよ。遺書とはいえないわ」

「君だって、見ただろう。彼女が飛び降りるのを」

いつになく夫がムキになって言った。

そう、彼女が屋上から飛び降りたのを七菜代たちは三階の教室から目撃した。

あの日の放課後、英語の点数が悪かったため、七菜代も含めて四人の学生が補習で残されていた。必死で解答用紙に向かってペンを走らせていると、担任の輝男が「あっ！」と叫んだ。それと同時くらいにドスンという大きな物音がした。

みんなで窓を開けて見下ろした。

下のコンクリートに女生徒が倒れていた。うつぶせの状態で、右頬を下にして、右腕で頭を囲むようにして、左手は殆ど直角にのばされた状態で。

それが高田龍子だった。

みんなは悲鳴をあげた。

その時いたのは、担任の輝男と七菜代も含めて、龍子の親友の大庭《おおば》幸子《さちこ》、北村《きたむら》良平《りょうへい》、杉本《すぎもと》恵子《けいこ》の五人だった。

それから校長に連絡し、救急車、警察を呼んだ。

恐らく彼女は校舎の屋上から飛び降りたのだろう。彼女が飛び降りたのは裏庭に面した北側の一番端の屋上からだった。つまり、校舎の中から目撃できるのは、一番北側の裏庭に面した教室だけということになる。一階は理科の実験室で、二階から四階まで三つの教室には、放課後ということもあり生徒はいなかった。三階の七菜代たちクラスの五人をのぞいては。

つまり彼女が飛び降りるのを校舎から目撃したのは、担任の輝男も含めて二年五組の五人だけということになる。

警察は聞き込み捜査の段階で他の目撃者も当たったようだが、結局、見つからずじまいだった。校舎の屋上から地面に落ちるまでの時間などわずか数秒だ。目撃者がいなくても不思議はない。

三年になって、大庭幸子以外、つまり北村良平や杉本恵子とは別のクラスになった。七菜代と幸子の担任は、再び輝男になった。

彼女は誰かの子供を身ごもり、捨てられ、そして自殺したのだと、まことしやかに噂された。それがいったい誰だったのか？　結局分からずじまいだった。

七菜代たち五人はあの悲惨な事件の唯一の目撃者だったので、興味本位に近づいてくる同級生にあの時のことを聞かれることがあった。しかし、記憶を共有することになった五人の間で、その話が交わされることはなかった。地べたにたたきつけられて死んだあの龍子の姿を目撃したショックを二度と思い出したくなかったからだ。輝男と再会し、つきあいだしてからも、あの事件の話は一度もしなかった。結婚してからもだ。

二人の間でもそれが暗黙の了解になっていた。

学校側は、これがいじめによる自殺と判断されることをもっとも恐れた。そうでないことの証拠となる、彼女がクラスメートの大庭幸子にあてた手紙を警察に提出させたのだ。夫が言うように警察ではあれが遺書と見なされた。だから、やはり、龍子は自殺したのだ。

七菜代は気を取り直して鍋に箸を付けた。

＊

大庭幸子の家は、下鴨《しもがも》にあった。二百坪もある敷地にプール付きの豪邸だ。

「本当に久しぶりね、七菜代」

玄関の扉を開けた幸子は、七菜代を招き入れた。

広い玄関には生け花が飾られている。

居間を通り過ぎて、離れにある彼女の部屋へ行く途中の廊下で長身の男性とすれ違った。

「お父さん、高校時代の同級生の七菜代よ。覚えている？」

振り返った七菜代と視線の合った男は「やあ、こんにちは」と優しく笑いながら会釈した。七菜代はその顔を見たとたんにどきどきした。

大庭幸子の父親の大庭清司《せいじ》だ。彼はテレビのドラマでちょくちょく見かける、誰もが知っている俳優だ。もう五十代半ばくらいのはずだが、今年三十八歳になる夫の輝男と殆ど変わらない年齢にしか見えない。

贅肉の殆どついていないスリムなボディ、長い足。さすが俳優だ。

「幸子のお父さんって、相変わらずステキね」

彼女の部屋のソファに腰掛けながら七菜代は言った。

「もう落ち目よ。最近じゃ全然ぱっとしないでしょ」

「そんなことないわよ。今でも、時々、テレビで見かけるし、知らない人いないわよ」

確かに、一時に比べたら露出度は低くなったかもしれない。だが、七菜代からみれば、今でも、テレビの画面の人、別世界の人間だ。

「まあ、その分、家庭も平和になったけど。今では、母ともそこそこ仲良しだし」

そういえば、大庭清司は、一時、いろいろな女優との交際が噂されていたことがある。

それが原因で、幸子の母親とは離婚寸前までもめていた。家庭内不和が原因かどうかは分からないが、幸子は学校でも一時かなり荒れていた。学校内でタバコを友達に回して吸ったり、お酒を持ってきて飲んだりして、危うく退学になりそうになったこともある。

幸子の母親、大庭百合子《ゆりこ》は時々学校の担任に相談しに来ていた。さすが元芸能人だけあって、シャネルのスーツにエルメスのバッグ、校内を歩いているだけで生徒たちの注目を浴びた。

幸子は、卒業してしばらくモデルの仕事をしていたが、芸能界では鳴かず飛ばずのまま、その後アメリカへ留学し、メークアップアーティストと結婚したが、離婚。三年前に帰国した。今は、母親が経営している、大庭清司のネームバリューを生かした銀閣寺の近くにあるカフェの経営を手伝っている。

「いらっしゃい。七菜代ちゃんお久しぶり」

幸子の母親、大庭百合子が、紅茶とクッキーを盆に載せて運んできた。清司と結婚してすぐに引退したが、彼女も元女優だった。五十過ぎと思えないほど肌に張りがあり、ただ者ではない美しさだ。膝までのスカートからでている足も、くびれた足首もきれいだ。

それに、この母親からは上品な百合の花のようななんともいえないいい匂いがするのだ。昔、校内を歩いている時も彼女からこんな香りが漂ってきて、それだけで普通の保護者とはまるで違う、大人の女の色香を感じていた。

美男美女の両親から生まれたにしては、幸子はそれほど端正な美人とはいえない。そのことに彼女は、内心ひどく劣等感を抱いているのは会話の端々からうかがえた。

高校に大庭清司の娘が入学した噂が広まった時、それは幸子ではなく、高田龍子の方だとよく誤解された。そのことに幸子はいい気分がしなかったのではないだろうか。

それほど龍子は美しく、また、幸子は両親のどちらにも似ていないごく普通の容姿だったのだ。だが、高田龍子と彼女は入学してまもなく無二の親友となった。美しくて派手な龍子は、俳優の両親を持っている幸子に並々ならない興味を示したからだ。

百合子が出て行き、二人きりになると、紅茶を一口のみ、七菜代は切り出した。

「高田龍子のことなんだけど、覚えてる？」

その名を聞いて、幸子の顔は微かに頬を強《こわ》ばらせ、「ああ、龍子……」そう言ったっきり黙り込んだ。

「こんな話、突然ごめんなさい」

「いえ、いいのよ、龍子がどうしたの？　もう、十五年も前のことね」

「彼女、自殺する前に、あなたに手紙を送ったのよね」

「ええ、そう、手紙が届いたの。当時はまだ携帯電話もこんなふうに普及していなかったから。それにしても衝撃的な内容だった」

「その手紙、まだ、残っている？」

「龍子のお母さんに返したわ。どうしても、返して欲しいって言われたから」

七菜代はちょっとがっかりした。週末、幸子のところへ来たのは、龍子が最後に書いた手紙の文面を確かめたかったからだ。

もちろん、それを読んだからどうということはないが、彼女が確かに自殺したことを納得したかった。

「今頃になって、どうしたの？」

「もしかして、あれが殺人だったら……そう思って」

「なに言ってるの。あれは自殺よ。私たち目撃したじゃないの」

あの時のシーンがまさに彼女の目の前に再現されたかのように、みるみる幸子の顔から血の気がひいていった。

「結局、彼女のお腹の赤ん坊の父親は誰だか分からずじまいなのよね。あなた、心当たりないの？　親友だったんでしょう？」

「さあ。好きな人がいるようなことは言っていたけれど……クラスの誰かだったのかも」

「その誰かさんは、彼女を自殺に追いつめて、しらんぷりってわけでしょう」

「七菜代、今頃になっていったいどうしたのよ。そんな昔のことほじくり返すなんて」

七菜代は幸子に龍子の幽霊が夢の中に出てきたことを話した。

「殺された、だなんて」

「でも、彼女のお腹の子の父親、つまり彼女を自殺にまで追いやった男は今でものうのうと生きているのよ。殺されたというのはそういう意味かもしれない。そのことを訴えたくて、夢の中に出てきたのよ、きっと」

「お腹の子供の父親は、クラスの男の子の誰かよ。実は私、コピーを持っているの。その手紙の」

そう言うと、幸子は立ち上がった。

五分くらいして戻ってきた幸子の手に一枚の紙が握られていた。

「これ、返す前にこっそりコピーしておいたの」

七菜代は折りたたまれた紙を広げた。

幸子へ
ああ、聞こえる。心臓の音。私の子供。でも、この恋は許されない。彼は、私に中絶しろと言うの。ひどい。あんまりだわ。でも、私はどうしても産みたいの。この子を死なせるなんて、そんな残酷なこと、できないもの。この子の父親が誰かって？

そんなことは死んでも言えないわ。

でも、あなたにだけこっそり明かすわね。彼の視線を初めて感じたのは、あれは二年生の春だった。英語の討論会の時よ。そう、あの日は、偶然あなたの誕生日でもあったわね。

だから、あなたにだけ一部告白する気になったの。

すごく熱い視線が私の背中に注がれたのを電流みたいに感じ取ったの。振り返って私は本当にびっくりした。彼は本来向けるべき視線の位置をはずして、ずっと私のことを見ていたんですもの。まるで奇跡だったわ。そう本来だったら、そっちの女生徒に釘付けでないといけないのに……。どうしてそんなに私に興味があるの？　顔がすごく熱くなった。

あの瞳の中の愛は真摯《しんし》なものだった。ただの遊びだなんて絶対に信じたくない。私は、それを確信しているから、彼にお腹の子供の父親にどうしてもなってもらうの。

もし、彼の愛が嘘だったら、お腹の子供と一緒に死んで、復讐してやるつもり。

龍子より

龍子の激しい感情が伝わってくる内容だ。

この文面が正しいとすれば、お腹の子の父親は、クラスメートの誰か。

「彼女の後ろの席にいた男子の誰か、ということ？」

「そうだと思う。当時、二年五組は全部で三十七人。そのうち十五人が男子だったわ。そして、彼女は前から二番目の真ん中の席に座っていたから、斜め横も後ろと考えれば、十人前後が彼女を後ろから見ていたことになるのよ」

「よく覚えているわね」

「だって、当時、さんざん噂になったし」

「噂？」

七菜代は眉をひそめた。そんな噂は七菜代の耳には入ってきていない。

「本来だったら、そっちの女生徒に釘付けでないといけないのに……。ってことは他に彼女がいたってこと？」

「そう。それも、さんざん、割り出しにかかったんだけど、結局、分からずじまい。秘密でつきあっているカップルだっているから、正確に誰かまでは分からなかったのよ」

雄弁に話す幸子の顔を見ているうちに、キツネにつままれたような心境になった。

「私の耳には、そんなことなにも入ってこなかったわよ。彼女が落下したのを目撃したメンバー、つまりあなた、北村良平、それに杉本恵子、この四人の間ではその話は蒸し返さないでおこうって、暗黙の了解があったじゃないの」

「それはあなたにだけじゃなかったかな。北村君や恵子とはよく話したわよ」

七菜代はなんだかいやな気分になった。では、残りの三人は、自分のいないところでそんな噂をさんざんしていたというのか。幸子とは三年生でも同じクラスだったというのに、彼女はそんなことはおくびにも出さなかった。

「あなた、お硬い優等生的なところがあったじゃない。なんとなく話し辛かったのよ。それに、あの人と……」

「あの人？　誰のこと」

「いえ、なんでもないわ」

幸子は慌てて否定した。

「これ、コピーくれない？」

手紙のコピーをもらうと、七菜代は釈然としないまま、幸子の家を出た。

＊

翌週の日曜日、七菜代は北村良平と木屋町通りの喫茶店で待ち合わせした。

彼とは十五年ぶりだ。高校二年生の一年間同じクラスだっただけだし、男子生徒としてあまり目立たない存在だったので、容姿など殆ど印象に残っていない。思いの外太っているなと感じたが、それはここ十五年の変化なのだろう。彼は京都の雑誌の制作を請け負う会社に勤めているという。

「大庭から電話があったよ。今頃、どうして高田龍子なんだ？」

「幸子とは今でも連絡を取り合っているの？」

七菜代は驚いてたずねた。あの事件の目撃者は、自分以外はみんないまだに密かに繋がっているような気がして、胸が悪くなった。

「仕事でちょくちょく関係があるんだ。最近、彼女のやっているカフェをうちと取引のある雑誌で紹介させてもらったしね」

北村は平然と答えた。

彼女の父親は顔を見れば誰でも知っている有名人だ。そういう人間と繋がっているのは、雑誌の制作などという仕事をしていれば、なにかとメリットがあるのだろう。そう合点がいって少し気分を持ち直した。

「あの時のこと北村君、覚えているでしょう？」

北村の顔に暗い影が差し込んだ。

「だから、今更、どうしたんだよ？」

「幸子とあなたと恵子は、あの事件のことをいろいろ推理していたんですって？　私は全然知らなかったわ」

北村はいかにも気まずい表情になった。

「北村君、何か知ってるの？　あの時、彼女が落ちるのを目撃したのは私たち四人」

「それに……」

北村が言いよどんだので、七菜代は付け足した。

「うちの竹脇」

「そう竹脇先生」

今の七菜代の夫だ。

「正確には五人の目撃者ってことね」

「いや、違う。正確には一人だ」

「えっ？　どういうことよ、それ。あの時、教室にいたのは五人よ。目撃者は私たち五人ってことになるじゃないの」

「あの時のこと、よく思い出してみろよ。ああ、でも、なんかこんな話、君にするのいやだなあ」

北村は少し顔をしかめて言った。

「何？　どういうことよ。ちゃんと話してみて」

「あの時、高田さんが落ちるのを見て『あっ』と叫んだのは誰？」

あの時のことをもう一度よく思い出してみた。

「それは、竹脇よ」

「そう。そして、竹脇先生が窓に駆けていった。僕らは担任のただごとではない雰囲気を察して、解答用紙を放り出して、後に続いたんだ」

そう、そしてそこに龍子の転落死体があった。あの光景が再び脳裏に蘇ってきて、身震いがした。

教室の後方にいた竹脇は、教室の前の方へ飛びつくように走っていき、窓を開けた。みんなはそれに続いて、一緒に下を見たのだ。

七菜代は咄嗟に、どうしてあんなところで彼女は倒れているのだろうと思ったが、担任の竹脇の叫び声とドスンという物音の意味をすぐに理解した。

――落ちた？

黙って頷く竹脇の唇は震えていた。

「つまり、分かるだろう？」

北村が唐突に言った。

「つまり？　さっぱり、分からないわ」

北村はいったい何がいいたいのだろう。七菜代は推し量るように彼の顔を見つめた。

一呼吸置いてから彼は続けた。

「実際に高田龍子が転落したのを目撃したのは一人だ。僕らは目撃していない」

「でも、私たちも……」

そういいながら、北村の言わんとすることに気づいて、言葉を飲み込んだ。

「僕らが見たのは彼女が転落する瞬間じゃない。すでに落ちて死んだ彼女だ」

「同じことじゃないの」

七菜代がそう言い張ると、北村はそれ以上、何も言わなかった。気まずい沈黙が二人の間に流れた。

なんとなく腑《ふ》に落ちないまま、北村と別れて喫茶店を出た。

髙島屋に寄って、マタニティードレスのコーナーを見て回った。まさか、自分がこれを着られるとは夢にも思っていなかったから嬉しくなり、お腹はまだ膨《ふく》らんでいないが、試着してみた。うっとりと自分の姿を試着室の鏡で見ているうちに、妊婦になったことを改めて意識し、家用と外出用の二着を購入した。

デパ地下で夕食のお総菜に、ハンバーグとサラダを買って帰宅する。

炊飯器をセットしてから、里芋の皮を剝《む》いて塩でぬめりを取り、五ミリくらいの幅に切った。ゴボウはささがきにし、まな板の上でネギを刻む。今晩の食事は出来合いのハンバーグとサラダなので、みそ汁は具だくさんにするつもりだった。

昼間の北村良平との会話と、大庭幸子との話をあわせて考えてみた。

二人ともなぜか奥歯にものの挟まったような言い方をするのが気になった。

それから、七菜代は、幸子に宛てた龍子の手紙の内容をもう一度思い返した。

龍子が熱い視線を背中に感じたのは、二年生の春、英語の討論会の時だと書いていた。つまり、夫の輝男が授業をやっている時に、龍子は、お腹の子の父親である誰かの熱い視線を感じて、その後、恋に落ちたのだ。

七菜代たちの通っていた高校は、実践的な英語力をつけることを目標にしていたので、当時はまだ珍しい英語討論会というのを授業でやっていた。

指名された生徒が黒板の前に出て、あるテーマを取り上げ、それについて他の生徒と英語でディスカッションするのだ。この授業は、英語の会話力と度胸が備わると父兄からも注目を浴びていた。

そこで、ふと気づいた。

もしかしたら「それに、あの人と」と幸子が自分に言ったのは夫の輝男のことではないか。

それに、あなたはあの人と結婚した。そう言いたかったのだ。

龍子のことで、みんなは夫の輝男を疑っていたとしたら？　龍子のお腹の子供の父親が輝男である、そんな噂が流れていた。だから、みんな、七菜代には距離を置いて、あれこれ事件のことを推理していたのではないか。

当時は、七菜代はまだ夫とはただ単なる担任と生徒の関係だった。しかし、七菜代が彼に思いを寄せていることを幸子に打ち明けたことがある。だから、周知の事実だったのだ。

………そう本来だったら、そっちの女生徒に釘付けでないといけないのに。どうしてそんなに私に興味があるの？　顔がすごく熱くなった。………

そっちの女生徒というのが、自分のことをさしているのだとしたら？

勝ち気な龍子が、実は竹脇先生は私が好きなのよ、と幸子に半ば自慢したい気持ちと、中絶しろと言われた悔しさから、こんな手紙を書いた。

あの夢の中の幽霊……。もしかしたら、龍子の霊が七菜代の妊娠を悔しがって、でてきたのだろうか。

そこまで考えて、「まさか」と肩をすくめた。なんといっても輝男にはアリバイがあるのだ。邪念を振り払い、包丁を再び手に、にんじんの皮を剝き始めた。

＊

翌週の日曜日、七菜代は、龍子の自殺を目撃したもう一人の同級生、杉本恵子と久しぶりに逢う約束をした。錦市場の近くにあるイタリアンで一緒に食事をすることになった。

恵子は、京都市内で開業している歯科医と結婚し、五歳になる娘がいた。小学校から私立へ入れるため、今、お受験真っ盛りだ。

「七菜代もついにおめでたなんだあ。よかったわね」

子供ができない七菜代に気遣って、恵子は、しばらく距離を置いていたのだ。実際、七菜代にしても、今だったら、子供のお受験の話も、自分の近い将来と重ね合わせられるから、穏やかに耳を傾けることができるが、ついこの間まではとても聞けない話だった。

高田龍子の幽霊が出てきたこと、大庭幸子や北村良平と話したことなどを恵子に打ち明けた。

「今頃になって、どうして龍子の話なの？」

みんな言うことは同じだ。

「だから、夢に出てきたのよ。彼女が」

「そんなの偶然よ。そんな話胎教に悪いわよ。リラックスして、楽しい音楽をきいて美味しいものでも食べて過ごさないと。育児教育は胎教から入るものなのよ」

「どうしても、納得したいのよ。彼女の死が私たちとは関係がないってことを」

恵子は「へっ？」と驚いて聞き返した。

七菜代は、幸子から渡された、龍子の手紙のコピーを恵子に見せた。

「これだったら、私も見せてもらったことがあるわ。いったい、誰が彼女のお腹の子供の父親なんだろうって、あれこれ噂が飛び交ったものよ」

「私の耳にはそんな噂まったく入ってこなかったわよ」

噂の渦中にいる人間は得てして自分にまつわる根も葉もない話は耳に入ってこないものだ。陰でひそひそやられていても、本人はいたって平穏だったりする。知らぬが仏という言葉の通り。

「あなた、高校時代は優等生で、ちょっと近寄りがたいところがあったじゃない。なんとなくそういう俗っぽい話を一緒にしにくかったのよ」

「幸子にも同じようなことを言われたけど、本当にそれだけなの？」

「………」

黙ってこちらを見る恵子の視線に、七菜代は、やっぱり何かあるのだと気づいた。

「もしかしたら、子供の父親がうちの竹脇だというような噂が？」

恵子は青ざめた。

「やっぱり、そうなのね」

「そういう噂が流れたことは確かよ」

「いったい、どうしてなの？」

「まず、この手紙にある、龍子に注がれる視線、というのが英語の討論会の時だったからよ」

やはりそうなのだ。

「分かる？　竹脇先生は、授業中、よく教室の後ろに立っていたでしょう。だから、この手紙を見て、みんなは、竹脇先生が熱い視線を注いでいたのは、龍子に、そして本来注がれるべき視線は……」

恵子の言葉を遮《さえぎ》って私は言った。

「もしかして、私とか？　そんなこと、ありえないわよ。だって、あの頃、竹脇と私はなんでもなかったんですもの。つきあうようになったのは、高校を卒業してからよ」

「そうじゃなくて、竹脇先生が討論会で当てた生徒よ。本来、授業中なのだから、先生に当てられて、黒板の前で、自分の用意したテーマを英語で発表している生徒を見ているものでしょう。それが女生徒だったと考えられるってこと」

「つまり、竹脇は自分が当てた女生徒にではなく、龍子の方をじっと見ていたから、それで彼女は自分が愛されていると気づいたというの？」

「ただの噂よ。竹脇先生だって、それで問題にならなかったのだから、根も葉もない噂ということで片づけられたわ。だから、きっと、他の誰かよ」

　そういいながらも、恵子は、竹脇に対する疑念が晴れないようで、なんとなく気づまりな表情をしている。

「竹脇じゃなかったとしたら、いったい誰なのかしら」

「さあ、それは分からない。誰か、他の男子生徒なんじゃない。それしか、考えられないもの」

「幽霊の龍子が私の夢に現れて、犯人を突き止めて欲しいと訴えているのよ」

「もう、そんな過去の話を蒸し返すのはやめた方がいいわ。生まれてくる子のことに集中しなさいよ。胎教にいいこと考えて」

「でも、今の研究を続けている限り、胎教にいいことないもの」

七菜代は自分の研究の内容を言わなかったが、そもそも、あんな研究自体、今の自分には、精神的によくない。ここのところ精神のバランスを崩しているのは、お腹の子供を愛おしく思えば思うほど、あの研究が自分には過酷に感じられてきているからだ。

「しばらく、仕事を休むことできないの？」

「代わりがいないのよ。それに、生き物相手の仕事だから中断することもできないし……」

それから、しばらく、恵子は娘の受験の話をした。小学校の受験というのは、想像以上に大変なことらしい。そのための塾へ幼児期から通わせ、読み書きや計算力だけではなく、自然との触れ合いを親子で深めたり、面接に際しての受け答えを訓練したりするのだという。まさに母子一体で、それに全エネルギーを費やさなくてはいけないのだ。

「こんど親子面接模擬テストというのをやるのよ。その時の服装なんかも指導してもらうの」

恵子の娘が通っている塾の費用を聞いて、七菜代は飛び上がりそうになった。幼児からそんなに費用がかかるのでは、高校教師と大学の講師の身分では、子供に小学校受験をさせることなど到底無理だ。

恵子と別れてから、研究室に寄って、マウスの心細胞の状態を確認した。

24穴プレートに撒かれた細胞は、CO_2インキュベーター内で培養されて、順調に増殖している。某製薬会社から検査を依頼された試薬を、10倍、100倍、1000倍……と、順々に薄めてから、それぞれの液をプレートの各穴の細胞に加える。さらに数日間、培養を続けた後、プレートにテトラゾリウム塩を加えて吸光度を計れば、細胞の生存を数値化できる。こうして、細胞に対する試薬の毒性を確認するのだ。

研究所を早足で飛び出すと、「やあ」と後ろから声をかけられた。

「毛利先生」

「日曜日なのに研究熱心だね」

「先生も」

七菜代は短くそっけなく答えた。

「ウィーン・フィルハーモニー管弦楽団のチケットが手に入ったんだけど、こんど一緒に行かない？」

「奥さんと行かれないのですか？」

「子供が小さいから出られないんだ」

「実は、私もここに、小さい子供がいるんです」

七菜代は自分のお腹に手を当てて言った。それを聞いて毛利は「えっ」と驚いて後退りしそうになったが、一呼吸間を置いてから言った。

「それはおめでとう。いやー、知らなかったなあ。クラシックは胎教にいいから、聞きに行かれたらどうかな？　ご主人と。よかったら、チケット、譲るよ。お祝いに」

妊婦とは遊ぶ気にならないのかもしれないが、さすがに、頭の切り替えが早い。まったく、如才のない男だ。

「残念ながら、夫はクラシックは聴きません」

そう断ると、七菜代は足早にバス停の方へ向かった。

帰宅してみると、夫は留守だった。最近は日曜日でも、学校の行事や部活を言い訳に、家にいないことが多い。

子供ができたら、土日はせめて家にいて子育てを手伝って欲しいのだが。

その時、電話が鳴った。

北村良平からだった。

「竹脇君、実は、さっき、幸子から電話があったんだ。恵子に今日、逢ったんだって？」

もうそんな話が北村の耳に入っているのか。いったい、この三人はどこまで親密に繋がっているのだ。

「ええ、あの手紙を見せたら……あれは英語の討論会の時だから、もしかしたら竹脇が
……そんな話になって」

「実は、僕、目撃したんだよ」

「目撃？」

「あの日、竹脇先生が屋上に通じる階段から慌てて下りてくるのを……でも、そんなこと
君に言わない方がいいと思って」

「なんですって！　それはいつのこと？」

「英語の補習が始まるちょっと前のことだ」

つまり、龍子が飛び降り自殺をする前ということになる。

「つまり北村君は、あの転落を目撃したというのは竹脇の偽装だと？」

「…………」

まるで肯定を意味するような沈黙だ。

七菜代はふと思い出した。

そうだ、音だ。

竹脇が「あっ」と叫ぶのと同時くらいに、ドスンという嫌な音がした。あの瞬間に龍子

が転落した証拠ではないか。

「でも、そんなはずはないわ。あの時、龍子が地面にたたきつけられる音がしたじゃないの」

「そのことも、幸子が言っていたんだけど、龍子の転落死体から三、四メートル離れたところに、不自然に大きな石があったらしいんだ。それがちょうど教室の後方あたりの真下にあたっていて……」

「私は、そんな石、気づかなかったけれど……」

「僕も石には気づかなかった。あの騒ぎの時に、地面に石が落ちていることなんて、誰も気にしている者はいなかったと思う。たまたま幸子はそれを見たらしい。しかも、不思議なことに警察が来る頃には、その石がなくなっていたんだって」

「つまり犯人が……」

もうダメだ。やはり真実から目をそらし続けることはできない。

七菜代は自分が今までの話から抱いてきた疑惑を、一番信じたくない方向につなぎ合わせざるを得ないところまで追いつめられた。

まず、龍子が幸子に宛てた手紙から、英語の授業中、彼女に熱い視線を送っていたのは、夫の輝男という可能性がある。なぜなら、彼は、授業中、特に討論会の時は、たいていの場合、教室の後ろに立って生徒を観察していることが多いからだ。

彼が本来向けられるべき視線は、黒板の前で英語で発表している女生徒でなくてはいけないのに、龍子に熱い視線を送っていた。美しい龍子に魅せられ、彼は自分が教師であることを忘れて一線を踏み越える仲になってしまったのだ。

関係を重ねるうちに、龍子は妊娠してしまった。生徒とのそんな関係が発覚したら、彼は学校を追われる立場になるだろう。そこで、輝男は、龍子に中絶するようにと頼んだ。ところが彼女はそれを承知しなかった。

あの日、学校の屋上で、二人は、そのことでもめたのだ。そして、龍子は転落した。

それから、英語の補習のため、七菜代と大庭幸子、北村良平、杉本恵子の四人が、二年五組の教室に集まった。しばらくしてから、輝男が入ってくる。

輝男は我々に補習用のプリントを渡すと、いつものように教室の後方へ行き、全員がそれに集中している頃合いを見計らって、あらかじめ用意しておいた大きな石を後ろの窓から投げ落とし、「あっ」と叫んで、前方の窓の方に駆けていった。石が地面に落ちる音がする。そして、七菜代たちは、担任のただごとでない雰囲気を察して、解答用紙を放り出して、後に続いた。輝男は窓に飛びついてすぐに開け、みんなも一緒に下を見た。そしてそこに龍子の転落死体があったのだ。

つまり、他の四人はあたかも龍子がその時転落したのだと、勘違いしたようだが、龍子はそれより十分か十五分ほど前、教室にまだ誰もいない時に、輝男によってすでに屋上から転落死させられていた。

音を偽装するために投げ落とした石は、警察が来る前、みなの注意が死体に向いている時、輝男がこっそり現場から他の場所へ移した。

これは、まさに、輝男が企てた完全犯罪だったのだ。

輝男は、過去にそういう暗い記憶があるから、だから、七菜代が妊娠したことを喜ばないのだ。これで、なにもかもが繋がるではないか。あまりにも完全に……。

「もしもし、もしもし……」

北村が何か言っているのに内容がまったく飲み込めなかった。もっと大きな波に飲み込まれて、どこかへさらわれていったような心境だ。もはや現実世界には戻って来られない、いや、戻りたくなかった。

七菜代は頭にもやがかかった状態になり、立ったまま、殆ど意識を失いそうになった。

その日は、輝男と顔を合わす気にならなかったので、調子が悪いからと、机の上に置き手紙をして、先に寝床についた。これから夫との生活をどうしたらいいのだろうか。

七菜代は、一週間ほど、つわりで具合が悪いという理由で大学を休んで、一日中ベッドに潜り込んでいた。

＊

このままずっとこうしているわけにはいかないので、悩んだ末に、高田龍子の家に線香をあげに行く決心をした。龍子の母親に電話してみると、七菜代が竹脇の妻になっていることを彼女は知らなかった。なぜ誰もそのことを伝えなかったのだろうかと、一瞬、疑問に思ったが、よく考えてみれば、自殺した娘の母親にそんな話はしにくいものだ。電話でそのことを打ち明けても、相手は特に、動揺している様子はなかった。

龍子の家は、北区の閑静な住宅街にある、二十坪ほどの一軒家だった。

仏壇には、高校二年生の制服姿の瑞々《みずみず》しい龍子の写真が飾られている。しばし、七菜代は、その端正な美に見とれていたが、静かに位牌《いはい》に合掌《がっしょう》した。

龍子の母親がお茶を入れてくれたので、座卓に向かい合った。この家には、三回忌まで、幸子と恵子と三人で線香をあげにきていたのだが、その後は、なんとなく遠慮もあって、ずっと足が遠のいていた。居間の雰囲気は昔と殆ど変わっていない。あの仏壇の写真と同じように、この家は、彼女の死によって、まるで、時間が止まってしまったようだ。

確か、龍子には弟がいたはずだが、もう就職してどこかへ行ってしまったのだろうか。

「七菜代さん、よく来てくれはりました。龍子も喜んでいると思います。そうですか、あの竹脇先生と結婚しはったんですか。ちっとも知りませんでした」

「なんだか、縁があったみたいで……」

そう言ってから、この母親と視線を合わせるのが気まずくなりうつむいた。

「竹脇先生には、いろいろようしてもらいました。龍子があんなふうに死んでしもて、気苦労かけてしまいました。くれぐれもよろしくお伝えください」

竹脇はそんなにいい教師だったのですか、と思わず聞きそうになった。もちろん、七菜代は、輝男の包容力のある優しさが好きだったのだが。

「幸子は時々来るのですか？　当時、二人は一番の仲良しでしたでしょう？」

「いいえ、最後に見えたのは、あなたと恵子さんと三人でです。龍子と幸子さんも、ちょっと複雑な関係やったみたいです。親からしたら、あまり好ましくない感じの」

「複雑？　二人は無二の親友だったと」

「あちらは有名人の娘さんやし、うちは普通のサラリーマンの娘。龍子の方はずいぶん無理してたみたいです。家が違うといくら言い聞かせても、龍子は、なにかと幸子さんと張り合ってました。二人で出かけると後から必ず、分不相応なバッグや服を買ってくれと言い出して、大変でした。羨《うらや》ましかったのでしょうね、幸子さんが。仲がいいというより、自慢のしあいみたいなことを二人はやっていたんやないですかね。そんなの本当の友達やないでしょう？ 恵子さんとか七菜代さんみたいな普通の人とつきあいなさい、となんぼ言い聞かせたことか」

「そうだったのですか。確かに、幸子のお父さんは有名な俳優さんですし、お母さんもそうだったので、私たちとは別世界の人、といった感じですね」

そういえば、文化祭の時に大庭清司が来たのを思い出した。みんなは有名人の彼にばかり意識がいって、自分たちの作業に集中することができなかった。七菜代も、ちらちらと何度も大庭清司を盗み見たのを覚えている。テレビの中の人が学校に来たのだから、高校生にとっては夢のような出来事だったのだ。

「龍子は、幸子さんのお家《うち》に頻繁に遊びに行って、そのたびに、自分の家には、プールがない、ステキな応接セットも高価な家具もないからつまらないと文句を言ってふてくされてました。そんなの比較されてもねえ。これ見よがしに龍子にそんなものを見せる幸子さんもどうかと、嫌な気がしましてね。ですから、親としては、正直なところあまりいい友達とは思っていませんでした」

龍子の母親の顔が曇った。そうだったのか。一人は誰もが振り返るような美貌の持ち主、もう一人は有名人の娘、クラスメートたちからは、近寄りがたいくらい完璧な親友同士に見えたのだ。

七菜代などは二人の関係が羨ましかったが、なんとなく特別意識を持ったもの同士という感じがして、気軽に話題に入り込めなかった。

「でも、やっぱり二人は気心が知れていたのでしょうね。結局、龍子は幸子さんにあんな手紙を残して……」

亡くなったと言う言葉がのど元で引っかかって出てこなかった。

「あれも、なんだか、腑に落ちない文面なんですけれどもね」

「腑に落ちない？」

七菜代は心の動揺を隠そうと膝の上にのせた両手を握りしめた。

「龍子は妊娠してたんです。ご存じですか？」

「あ、はあ、なんだかそんなことを聞いたような……」

「そうでしょうね。あれだけ大騒ぎになったんやから、当然、噂になっているでしょう」

「…………」

七菜代はうつむいたまま顔があげられなくなった。

「七菜代さん、気にせんといてください。もう十五年も昔の話なんですから、私も感情的にならずに、当時のことは話せるようになりましたから」

七菜代は決心して聞いてみた。

「お母さんは、龍子のお腹の子供の父親が誰なのかご存じなのですか？」

「いいえ、知りません。でも、あの手紙に書いてあるみたいに、同じクラスの男の子ではない思いますよ。それだけは確かです」

「いったい、どうしてそう思われるのですか？」

「相手は、もっと年上の大人の男性やったと思うんです」

湯飲みを持とうとして、その手が震えているのが自分でも分かった。

「なぜ、そんなふうに？」

「あの子、その男に、琵琶湖へドライブに連れて行ってもろてるんです。あの子一人で写ってる写真がたくさん出てきたんですけど、誰かに撮ってもらってるんですね。ピーンときました。つきあってる男やと」

「いつ頃の写真ですか？」

「二年の一学期が終わった夏休みです。あの子は、その日、友達と約束があるというて。きれいなレースの白いワンピースを着て出かけました。それで、幸子さんにも聞いたんですけど、その時期に一緒に琵琶湖へは行っていないと言いはらはるんです。だいたい、高校二年生では車を運転できないですから、当然、大人の男性やったろうと思うのです」

「どうして車で行ったと？」

「その写真なんですけど、数時間のうちに、琵琶湖のあちこちで撮影されているのですよ。車で移動せんとあんな写真は撮れないですから」

「高校二年だったら、バイクの免許は取れますよ」

「あの高校はバイクの免許を取るの禁止でしたでしょう。取ったら退学になるって。結構真面目な子ばっかりやったし、そんなん違反してまで取ってる子はいいひんかったんとちがいますか？」

　確かに、そうだ。七菜代たちの通っていた高校は、市内の私立高校の中では、そこそこ進学校だった。退学の危険をおかしてまで、バイクに乗るような度胸のある生徒はいなかっただろう。

「それにね、朝から、ぎょうさんおかず作って、重箱に詰めて持っていってるんですよ、龍子は。大きな魔法瓶も用意して。そんな大きな弁当かかえて、あんな短いワンピース穿いて、バイクの後ろになんか乗れしませんよ」

　確かに、それだとバイクというのは無理だろう。

「つまり、あの手紙が腑に落ちないというのは……」

「あれを読むと、クラスの中に、龍子の好きな男の子がいるみたいでしょう？　それがどうにも、私には謎なんですよ。そんなはずはないからです」

それは、ますます七菜代の信じたくない事実を裏付けることになった。

「他にその男性の特徴はないですか？　何か気づかれたこととか？」

「いいえ。あの子、そのことには口がかたかったですから」

母親は悔しそうに唇を噛んだ。その男は、龍子との関係をよっぽど世間に知られたくなかったのだ。

「校長先生に、そのことを打ち明けたら、なんだか安心した様子やったですよ。学校内のこととなると、いややったんでしょうねえ。あんなに露骨にほっとされるとこっちも複雑です。結局、学校なんてそんなもんなんですね。事なかれ主義、いうんですか」

「ひどい男だと恨んでおられますか？」

「ええ、恨んでいますよ。恨んでも恨みきれないくらい。でも、あの琵琶湖の写真を見ると、あの子があんまり幸せそうなんで、もう泣けて泣けて。親と旅行に行ったってあんなに幸せそうな顔、あの子はしたことなかったんですもの。まるで天使みたいな笑顔で……悔しいけど、写真はよう捨てんと持ってます」

そういうと、母親は目頭を押さえて泣き出した。

七菜代は、龍子が琵琶湖にドライブへ行った時の写真を見せてもらった。写真は全部で十枚くらいあった。

写真の中の龍子は裾に細かいフレアーの入った白いレースのワンピースを着ている。ノースリーブから出た手が細くてしなやかだ。制服姿しか見たことのない彼女がこんな恰好をしていると、ただでさえ美しいのに、まるで天から下りてきた女神と見まがうほどだ。人間というのは、幸せだとこんなに美しくなれるものなのか。カメラに向かってちょっとはにかんだように笑っている顔、じっとこちらを見つめる視線、すべての表情から、愛する人に向ける情熱が伝わってくる。カメラの主が彼女の恋人であることは、容易に察せられた。それにしても、こんなに幸せそうな龍子を、いや少女を七菜代は見たことがない。それほど写真の中の龍子は輝いていた。

なんて皮肉なのだ。これを写した男のことは殺してやりたいほど憎いというのに、娘愛おしさから写真を捨てられない母親の気持ちを考えるといたたまれなかった。

やり場のない感情を目の当たりにしてしまい、七菜代はますます憂鬱になった。

すっかり肩の力を落として帰宅した七菜代は、そのまままたベッドに潜り込んだ。

夜中の十二時頃に起きて居間に行った。食卓の上にお弁当が置いてあった。

夫は、七菜代の具合を気遣って、ここ数日、外食するようになり、お弁当を買ってきてくれるのだ。

もう一度、龍子が幸子に宛てた手紙を読み返してみた。

龍子の母親の話によると、龍子は幸子の持っているものすべて、華やかな両親、豪華な生活、そういったものに嫉妬していた。一方、幸子の方は、一見派手な家庭環境のようだが、父親の浮気が原因で家庭内が不和だったし、両親ほどの美貌に恵まれなかった自分に外見的コンプレックスを持っていた。

二人は気心の知れた親友だった、というより、ライバル意識を内に秘めた関係だったのだ。

そうして考えてみると、龍子は自分が妊娠していること、しかも、中絶しろと相手の男に言われていることをなぜ幸子に打ち明けたのだろう。そんなことを派手な幸子に打ち明けても惨めになるだけではないか。少なくとも、自慢になどならない。

そこで七菜代は、はっとなった。

彼は本来向けるべき視線の位置をはずして、ずっと私のことを見ていたんですもの。まるで奇跡だったわ。そう本来だったら、そっちの女生徒に釘付けでないといけないのに……。どうしてそんなに私に興味があるの？　顔がすごく熱くなった。

もし、この文面の本来向けるべき視線、というのが、幸子だとしたらどうだろうか？幸子と恋愛関係にあるはずの男が、龍子に熱い視線を送っていた、としたら。この手紙はある意味、幸子に自慢したくて書いていることになる。

彼はあなたを愛しているわけではないのよ、この私を愛しているの、と。だが、この仮定があたっていたとしても、やはり、夫の竹脇がその男だった可能性が高い。龍子の相手は、運転免許を取得できる十八歳以上の男性だったのだ。クラスの中で唯一免許証を持っていたのは、輝男ということになる。

輝男の買ってきたお弁当を七菜代は口に運び始めた。食欲はないが、お腹の子供のために栄養をとらなければいけない。

「具合はどう？」

輝男が居間に入ってきたので、びくっとした。

「あまりよくない」

近ごろ、七菜代の方が、夫のことを避けていた。夫の方でもそのことが気になりだしたのだろう。

「いったいどうしたんだ？　何か僕に話したいことがあるんだったら、正直に言ってくれないか。近ごろ、君の様子はへんだよ。こんな関係を続けていても、僕たちはどうにもならないじゃないか」

「私、近ごろ頭が混乱してしまって……」

「僕が君に寂しい思いをさせてしまったから、それがいけなかったのかい？」

優しい声だ。七菜代が大好きな輝男の声。感極まり、嗚咽した。輝男は、黙って、七菜代が泣きやむまで待っていた。

「今日、高田龍子の家に線香をあげに行ってきたの。そうしたら、彼女のお腹の子供の父親なんだけど、彼女を琵琶湖にドライブへ連れて行ってあげたんですって。その時の写真を見せられたわ。彼女すごく幸せそうで……」

輝男は眉間にしわを寄せた。

「まだ、その当時の話なのかい？　どうして、そのことにこだわるんだ？」

「あなたは罪の意識を持っていないの？　そのことで」

夫の顔がゆがんだ。

「ああ、後悔しているよ。自分がすべてを明かさなかったことにね。でも、もう終わってしまったことなんだ。忘れるように努めてきた」

「でも、私はごく最近知ったことなのよ。今から忘れるのには時間がかかるわ」

七菜代は手紙のコピーを見せた。

「これだったら、十五年前に見たよ。僕なりの解釈もした。しかし、それがいったいどうだって言うんだ。もう過去のことじゃないか」

「彼女と琵琶湖へ行ったのは運転免許証を持っている人なのよ。あの時、二年五組に運転免許証を持っている人なんていないわ。みんな十六歳なんですもの。一人をのぞいてはね」

そこで夫ははっとしたように七菜代の顔を見た。

「まさか、君は、それが僕だと？　そんなことで落ち込んでいたのか。僕はてっきり君が罪悪感に苛《さいな》まれていると、そう勘違いして……」

自分が罪悪感を？　輝男はいったい何を言っているのだ。悪いことをしたのは輝男の方ではないか。どうして、七菜代が罪悪感を持たなくてはいけないのだ。

「あなたは龍子のお腹の子供の父親と違うの、ねえ？　だったら違うという証拠を見せて欲しい。だって、これは英語の討論会の日で、しかも運転免許証を持っているのは、あなただけなのよ！　それでも違うといえるの？」

輝男は、しばらく手紙の文面に視線を落としていたが、ある箇所を指さした。

……そう、あの日は、偶然あなたの誕生日でもあったわね。

「この日、大庭幸子の誕生日だったと書いてあるね。ほら、ここに。この日にあった、学校の春の行事を調べてみろよ！」

夫はそう言い捨てると、さっさと自分の部屋へ戻っていった。

夫の声が怒りで震えていたので、それに圧倒されて、一言も返せなかった。自分は何かとんでもない誤解をしているのだろうか。

この文面の中で確かに、幸子の誕生日というのを見逃していた。たいした意味はないだろうと思ったのだ。高校二年の春の幸子の誕生日はいったいなんの日だったのだろう。

まず、彼女の誕生日が何月何日だったのかを調べる必要がある。

翌朝、七菜代は、幸子に電話した。

ひととおり雑談した末に、さりげなく切り出した。

「幸子、あなた、何座だったかしら？」

「星座の話？　おうし座よ」

「四月生まれなの？」

「うん、五月十七日よ」

「いいなあ、おうし座って。おうし座って、遊ぶことで金運をつかめる星座だっていうじゃない」

七菜代はあらかじめ星座の本を買って、春の星座生まれのいくつかの特徴を覚えておいたのだ。

「どうしたの？　急に星座に興味を持ったりして。あなた、そういうの全然興味のない人かと思っていた。ガリ勉で堅物で」

「私ってそんなふうにみんなから映っていたんだ」

「でも、恩師と結婚したりして、案外やるなって噂にもなってたわよ」

「そんなに意外だったの？」

「それは、意外だったわよ。竹脇先生があなたと、というのは。でも、彼も実際は堅物人間だし、堅実な者同士、お似合いだと思うわよ」

確かに、輝男とつきあいだして、彼が非常に真面目な人間だということを知った。やはり自分は輝男のことで誤解しているのだ。

それから、あれこれいろいろ雑談してから電話を切った。

七菜代は、五月十七日のことが気になった。十五年も前の五月十七日に学校で何があったか。そんなことをいったいどうやって調べればいいのだ。

十五年前のカレンダーをネットで調べてみると、五月十七日は月曜日だ。しかし、それ以上のことは何も分からない。

恵子に電話をかけてみる。親子面接の模擬試験など、ひととおりお受験の話を聞いてから、何気なく切り出した。

「ねえ、高校時代のことなんだけど、当時、日記なんかまめにつけていた子って知ってる？」

「広報部だった、なんとかって言う子。えーと……そうそう、杉村菊江《すぎむらきくえ》って子、覚えてる？」

七菜代には覚えのない名前だった。

「その子はとにかく書くのが好きで、将来作家を目指していたの。だから、まめで、なんでも日記に書いていたと思うわ。でも、なぜか京都の和菓子屋さんに嫁いじゃったのよ。私は雑誌記者か作家になるとばかり思っていたのに。人間の運命って不思議ね」

「今でも、当時の日記を持っているかしら？」

「それはどうか分からないけど、整理整頓の好きな几帳面な子だったから、持っているかもしれないわよ」

七菜代は、杉村菊江が嫁いだという、和菓子屋の名前と場所を恵子から聞いた。

翌日、千本丸太町近辺にあるその和菓子屋に行ってみた。

店に入るとピンポンという音が鳴り、「いらっしゃい！」と女店員がのれんをかき分けて出てきた。

「あのー、こちらに杉村菊江さんいらっしゃいますか？」

そういいながら、今は、結婚しているので別姓になっていることに気づいた。

「はい、私ですけれども」

女店員は屈託なく答えた。

「あの私、高校で同級生だった、竹脇、いえ、氷河《ひかわ》七菜代です」

「あっ、七菜代さん。もしかしたらそうかと思いました」

「私のこと覚えてくれていたんですか？」

「ええ、クラス委員とかしていて優等生だったから」

話しているうちに、杉村菊江のことを少しずつ思い出してきた。無口で印象は薄かったが、休み時間など、よく読書をしていたこととか、広報部だったので、校内新聞などで活躍していたことなど、記憶の輪郭が徐々にはっきりしてきた。

「当時の日記だったら、実家にあると思うわ。見に来る？」

「二年生の五月十七日に学校で何があったか知りたいの」

「じゃあ、実家に帰った時に、過去の日記を調べてあげるわ。久しぶりにあの頃の思い出にふけるのも悪くないから」

七菜代は、細かい細工の施された栗や紅葉をイメージした生菓子を四つ買って店を出た。

それから数日後、菊江から電話がかかってきた。その内容は衝撃的だった。

「高校二年生の五月十七日って、すごく思い出深い日だったのよ。大庭さんと同じクラスになったの、私は二年生の時だけだから、少なくとも私にとってはね。学校中が浮わついた感じになったの」

「それっていったいどういうこと？」

「英語の討論会の授業を保護者に公開した日だったの。それで、大庭清司が学校へ来たの。私たちの教室に。あの日は平日だったから、父親の参加は殆どなかったのに、わざわざ娘のことを見に来たのよね。あとから『カッコイイ!!』ってみんなで噂したじゃないの。覚えていない？」

もちろん、それは覚えているが、それがたまたま幸子の誕生日で五月十七日だとは知らなかった。

そういえば、学校の一番の特色でもある英語の討論会の成果を保護者に見に来てもらう公開授業を年に一回やっていたことを思い出した。

つまり、その日は、教室の後ろは生徒の母親や父親が集まっていて、輝男は、前の方で授業をしていたことになる。

ということは、あの手紙は、全然違う意味になるのではないか。

彼女の背中に熱い視線を送っていた男というのは輝男ではありえない。

そこで七菜代ははっとした。

もしかして、大庭清司だったとしたらどうだろう？　そして、討論会で発表していたのは、幸子だとしたら？

でも、あなたにだけこっそり明かすわね。……そう、あの日は、偶然あなたの誕生日でもあったわね。……彼は本来向けるべき視線の位置をはずして、ずっと私のことを見ていたんですもの。まるで奇跡だったわ。そう本来だったら、そっちの女生徒に釘付けでないといけないのに……。

つまり、龍子は幸子にだけ、そのことを明かしたかったのだ。

「本来だったら、そっちの女生徒に」というのは、せっかく娘が討論会で発表しているのだから、娘に向けなければいけない視線なのに、あなたのお父さんときたらあなたになんかちっとも関心がなくて、私に熱い視線を注いでいたのよ、と言っているのだ。しかも、この日は幸子の誕生日なのだから、彼女を傷つけるにはより効果的だ。

なにかと幸子に対抗意識を燃やしていた龍子の負けん気を考えると、この手紙を幸子に送ったことも頷ける。

もし、彼の愛が嘘だったら、お腹の子供と一緒に死んで、復讐してやるつもり。


これは、清司に対する脅迫状ともとれる文面だ。

これを読んだ幸子はどんな気持ちだっただろう。父親の愛情を他でもない龍子に奪われたのだ。パニックになり、手紙を両親に渡したかもしれない。

いくら恋愛癖の多い大庭清司でも、娘の高校の同級生に手を出し、妊娠させたとなれば、一大スキャンダルだ。犯罪にもなる。芸能生命が危ぶまれるところだ。

そこまで、推理した時点で、七菜代は、自分がまったく違う解釈をして、夫の輝男を疑い、傷つけたことを心底悔やんだ。

思い立ち、ずっと家庭内別居状態になっている夫の部屋をノックした。

部屋に入ると、夫は生徒のテストに点数をつけていた。

「ごめんなさい。私、とんでもない誤解をしていたわ」

振り返った夫は寂しく笑った。

「あなたを疑うなんて、私どうかしていたの。きっと妊娠してホルモンバランスが崩れて、おかしくなっていたのよ」

七菜代は泣きながら謝った。

「あの日のことなんだけど、高田龍子が死んだ日、僕は階段のところで、ある人物とすれ違ったんだ」

輝男は落ち着いた口調で話し始めた。

深々と帽子をかぶり、ジーパンに黒のジャンパーを着込んだ地味な女だった。特に気にもとめずに、階段を下りていったが、突然、記憶の端からなにかが蘇ってくる不思議な感覚に捕らわれ、Uターンすると、女の後に続いて階段を上った。

その女は、屋上に繋がる階段を上っていったので、一分ほど間を置いてから、自分も後を追って屋上へ出る扉の前まで行ったが、ノブに手をかけたところで、英語の補習用のプリントをコピーするのを忘れていたことを思い出し、そのまま慌てて階段を下りた。その時、北村良平を見かけたが、急いでいたので無視して、職員室に向かった。素早くコピーをすませて二年五組の教室で授業を始めた。

それからしばらくして、輝男は、誰かが転落したのを目撃した。慌てて窓に駆け寄って、龍子の転落死体をその時教室にいた他の生徒と一緒に発見したのだ。

「その女性というのは？」

「その時は誰なのか思い出さなかった」

「そのことを警察には？」

「言わなかった」

「どうして？」

「はっきり誰だか顔を見たわけではなかったからさ。それに、殺人なんてことになって、学校がマスコミの餌食《えじき》になることを避けたかった。だから、すべてを明らかにしなかったことで、ずいぶん後悔していると、君に言っただろう。とにかく、もうそのことは忘れたかったんだ」

「どうして、その女の人の後をつけたの？」

「その時は自分でもよく分からなかった。気がついたのは、それから一カ月以上してからだ。大庭の母親に逢って、思い出した」

「もしかしたら、百合の花の匂いがしたとか？」

「ああ、そうだ。どうして分かった？」

「あれはとても特殊な匂いで、幸子のお母さんからしか漂ってこない香りなんですもの」

階段のところで、輝男とすれ違った女は、普段の大庭百合子の姿、つまりシャネルのスーツにエルメスのバッグを持っている元女優とはかけ離れた出で立ちだった。しかし、同じ匂いがしたのだ。どこかでかいだことのある珍しい香りだと思い、輝男はふと、女の後をつけてみる気になったのだろう。

「お腹の子の父親は、大庭清司なのかしら？」

「確証はないが、その可能性は高いね。僕があの日、屋上に繋がる階段を上がっていったのは香水の匂いに誘われたからだ。後からそれが大庭百合子だと気づいた。高田の手紙を読んで、僕が行き着いたのは、屋上で待ち合わせた大庭百合子と高田がお腹の子のことをめぐって口論になり、どういった経緯かは分からないが、高田が転落してしまうような事故を招いたという推測だ。しかし、見たわけではないので、そのことは自分の胸にずっとしまっておいたんだ」

「私も今やっとあの手紙の意味が分かったわ。本当に、あなたのことを一時でも疑って、なんと謝っていいのか……」

もしかしたら、幸子は、父親のスキャンダルからみんなの目をそらすために、龍子のお腹の子の父親が輝男だという噂を流したのかもしれない。龍子が転落した位置から少し離れたところに石が落ちていたのを目撃したと言っているのも幸子だけだ。実はそんな石などなかったのではないか。人間の体が地面にたたきつけられるのを、石が落ちる音で偽装できるかどうかも疑問だ。

「誰でも疑心暗鬼になることはあるさ。でも、どっちにしても僕は容疑の対象外さ。君にそれは証明できるよ」

「そうね、あなたにはちゃんとしたアリバイがあったのですもの。あなたに対して不信感を抱いてしまって、悪かったわ。一番信用するべき相手だったというのに」

「アリバイだけじゃないんだ。高田龍子のお腹の子供が僕の子ではないという決定的な証拠があるんだ」

「もう、いいわよ。そんなこと。私はあなたのことを今は信用しているんですから」

「そうじゃないんだ。残念なことに僕は君のことを今ではまったく信用していない。僕たちの信頼関係は決定的に失われたんだよ」

「どういうこと？　そんな、そりゃ悪かったわ。たとえ一時でも、あなたのことを疑ったことは。でも、だからって……」

「僕が君を信用できなくなったんだ」

「まさか、私が犯人だとでも？」

「そうじゃない。そんなことじゃないんだ。もう少し気持ちを整理させてくれないか。そうしたら、君に話すよ」

そう言うと、夫は、再び机に向かって試験の採点を始めた。

まるで、目の前でシャッターを下ろされたように、輝男の背中は、もう何も受け付けてくれなくなった。いったい自分の何が信用できなくなったというのだ。

七菜代はしょんぼり、自室に帰った。

元はと言えば、龍子が夢の中に出てきたのがいけないのだ。あんなふうに、まるで七菜代に訴えかけるみたいに。

――今更《いまさら》、あなたは犯人を処罰して欲しかったと言うの？　おかげで私たち夫婦の関係はめちゃくちゃになってしまった。仮に大庭幸子の母親が犯人だとしても、もうすでに時効になっているのだから、罪を償《つぐな》ってもらうことなんてできない。

七菜代はなかなか寝付けなかったが、明け方頃になって、やっとうとうとし始めた。

その夜、また、高田龍子が夢の中に出てきた。彼女は十六歳のままの美しさだった。琵琶湖に行った時の、あの白いレース地のワンピース姿だ。

「あなたを殺したのは幸子の母親なの？」

龍子はそれには答えなかった。不思議なことに、彼女はとてもすがすがしい顔をしていた。

――もうそんなことはいいの。それより、もうすぐ彼がこっちの世界に来るから、また、私たちは結ばれるのよ。

「それ、どういう意味？」

龍子はあの琵琶湖の写真みたいな美しい笑顔で、「うふふ」といつまでも嬉しそうに笑っていた。

＊

目を覚ましたのは昼過ぎだった。夫はすでに出勤したようだ。今日の朝刊が机に折りたたんで置いてあるので、ふと見出しに目を落とした。

俳優の大庭清司が肝臓癌を告知されたことを報道陣の前で発表したという記事を目にした。夫もこの記事を読んでから家を出たのだろう。七菜代に見せるために、これを表向きに置いていったのだ。

夢の中で龍子が言っていたのはこのことだったのか。彼女はあの世で彼が来るのを待っているのだ。彼を迎えられると思ったから、琵琶湖にドライブに行った時みたいな笑顔を取り戻すことができたのかもしれない。

　今の自分のことを考えると、なんだか、龍子が羨ましくなった。

　後ろに気配を感じて振り返った。出勤したと思った夫は家にいた。七菜代はなんと言っていいのか分からなかった。

「昨日、一晩考えたんだ。僕たちは離婚するべきか、それともこのまま続けるべきなのかを」

　夫にそう切り出されて、七菜代は驚きを通り越して、いったいなんの話なのかよく飲み込めなかった。

「離婚？　考えもしないことだわ。そんなに私が気に入らないの。龍子のことであなたを疑ったことが、そんなに取り返しのつかないことなの？」

「僕は、高田龍子のお腹の中の子供の父親ではありえないんだ」

「だから、そのことは、もう分かっているのよ。ごめんなさい。許してもらえるのだったら何度でも謝るわ。もう謝ってもどうしようもないことなの？」

「よく聞けよ。そんなことじゃないんだ。結婚して五年たっても僕らは子供を授からなかった。こういう場合男にも原因があると今では言われている。僕は成人してからおたふく風邪をやったことがあるんだ。それで、もしかしたらと思って、自分の精子を調べてもらった。そうしたら、不妊は、僕の方に原因があると分かった。僕の生殖器は、精子を作れないからだ。そのことを君に告げようと帰宅したら、君は妊娠したという。無邪気に、本当に嬉しそうに僕の体に抱きついて。それから、僕は君のいったい何を信用していいのか分からなくなった」

「そんなばかな……」

愕然とした。七菜代は自分のお腹を押さえて問うてみた。夫が不妊症だったら、どうして自分は妊娠したのだ。この子の父親はいったい誰だというのだ。

そこまで考えてから、思い当たる人間が一人いることに気づいた。

毛利五郎……。彼と二度目に飲みに行った時、調子にのって飲み過ぎて、泥酔してしまった。あの夜は、ある時から完全に記憶が飛んでいる。

――七菜代先生にはこんな可愛い一面があるんだ。無邪気にはしゃいで、俄然イメージがよくなったなあ。

と、目を覚ましたとき、なれなれしい口調で言われたのは、ホテルのベッドの中でだった。あの時の毛利のねっとりとからみつくような視線は忘れられない。

たった一夜の過ち……。

生命の電話

デスクの上の電話が鳴り響く。社長の前川《まえかわ》がサツキよりも早く受話器を取った。

「はい、そうです。で、どうされましたか？」

前川はふんふんといかにも落ち着いた口調で相手の話に頷いている。頷きながら、サツキのデスクのボールペンを取って、なにやら落書きしはじめた。

「そうですか……で、ご主人は？　えっ、いない……それで息子さんは暴走族」

――またか。

サツキは心の中で舌打ちし、向かいのデスクに座っている橋本《はしもと》の方に視線をはしらせた。

橋本は意味深な視線をこちらに送り返してきた。

前川物産は、健康食品の原料を卸している会社で、社員は西田《にしだ》サツキと橋本崇史《たかし》の二人。それに代表取締役の前川仁《ひとし》がいるだけのワンルームでやっている零細企業だ。

仕事の内容はというと、中国産のハーブを輸入し、それを健康食品の製造元に卸売り販売している。うたい文句は契約農場で無農薬、有機栽培したハーブということだが、輸入業者がそう言っているだけで、実際に中国まで農場を見学に行ったわけではない。したがって、その信憑性はきわめて疑わしいものだった。

もちろんそんな疑いはおくびにも出さず、問い合わせが来れば、安全、安心を強調していかにすばらしいハーブであるかを力説するのがサツキの仕事だ。

キロ単位千五百円で仕入れたものを二千円で販売しているので、利鞘《りざや》は二五パーセント。

得意先は大口が二件。その二件で、ささやかだがサツキと橋本の給料が支払われている。社長がどの程度の報酬を得ているかは定かではないが、無類のキャバクラ好きで経費として認められる年間上限額四百万以上の散財をしているらしく、支払い日になるといつも苦しい状態になる。結局、銀行からだけでなくサラ金からも金を借り、その利子がかさんで経営は火の車だ。

だからといって、他に顧客を増やす営業を活発にやっているわけでもなく、二件の大口に完全に依存しきっている。そこらへんは、営業でやとわれた橋本のやる気のなさ、無能ぶりの結果ともいえるが、いくらがんばったところで、稼いだ金がすべてキャバクラに流れるのかと思えば、やる気が萎《な》えるのも分からなくはない。

ここにかかってくる電話といえば、大口からの依頼と健康食品の製造元からの原料に関する問い合わせ、それに金融会社からの取り立ての電話くらいのものだ。

業務の内容からして「どうされましたか？」という応対には当然ならない。

「相手は女性ですね」

橋本が小声で言った。

「しかも、夫がいなくて、息子が不良化してる」

サツキは続けた。

「前回は、夫の浮気で悩んでいる人でしたね」

その前は、嫁にいびられて苦しんでいるお年寄りからだった。

「ダメですよ。死んじゃダメだ。いいですか、あなただけの命じゃないんです……えっ！　息子さんが世間に迷惑かけているから？　いや、だからって……言い聞かせるんです、話し合えばなんとかなります。ようは話し合いですよ」

前川の声が突然大きくなったのでどきりとした。

「まったく、どんな慰めかたしてんだかー」

橋本がまた、小声でバカにしたように言った。確かに、話し合ってなんとかなる人間がこんなところに電話をかけてくることはないだろう。話し合いというのは、最初から理解の範疇《はんちゅう》にあるもの同士がすることだ。

しかし、あきれた顔をしつつ、社長の話に耳を傾けている彼もそうとう暇人である。貧乏暇なしという言葉があるが、この会社に限っては貧乏暇だらけなのだ。いや、暇にしているからどんどん貧乏になってしまうのかもしれない。

「それで、あなたはどういった仕事を？　明城牛乳の配達員ですか。ノルマがどんどんきつくなるし、借金もあって、それで生活するのは大変、なのに息子さんは仕事もしないで暴走族仲間と喧嘩したり、犯罪まがいのことをやっている。金はせびられるし、まったく手が付けられない。う〜ん、それは困ったもんだ。一喝してやるべきですね―」

死にたい、殺したいと騒ぐ人間ほど、実行に移さないのがきまりだが、それにしても穏やかな話ではない。

そんな話に首をつっこむ社長も社長だ。

相手はもちろん前川物産にかけているつもりはない。この会社は一年前に立ち上げたばかりで、新しい電話番号が、昔の〈生命の電話〉と同じ電話なのだ。だから、古いタウンページを調べた人から時々〈生命の電話〉と間違えてかかってくることがある。

〈生命の電話〉とは悩みをもつ人たちの相談相手となって、自殺を思い詰めた人間などを救うために設立された電話のことだ。電話の対応人員はボランティアで形成されているとはいえ、研修で適切な応対方法を修得したいわゆるプロみたいなものだ。ど素人の前川が面白半分に話を聞くのとはわけがちがう。

今の電話にしても、本人は深刻な悩みをかかえて藁《わら》にもすがる思いでここへかけてきている。いや、正確には、ここ前川物産へではなく、〈生命の電話〉にかけているつもりなのだ。

サッキや橋本がそういう間違い電話にでた時は、

「〈生命の電話〉におかけですか？　正確な番号は○×△……」

と今の〈生命の電話〉の番号を教えてただちに切ってしまうことにしている。が、社長は一度面白半分に話をきいてから「いやあ、俺にはこういうの、むいている」と一人で勝手に思いこんでしまったらしい。

かけ終わったあとなど、あたかも人助けをしたかのように自分の言ったこと、相手の返事を繰り返してサツキたちに披露しては満足気に一人で頷いたりしている。

借金取りにいつもへつらってばかりいるので、人に説教すると先生になったような気分になれて気持ちいいのかもしれない。だが、それにしても、死んじゃいけない、とか自分一人の命じゃないんだから、とオヤジの説教みたいな単調な台詞《せりふ》ばかり吐いて、これで本当に相手は救われるのだろうか。

自分だったらこんな返事をきかされたらただちに電話を切ってしまうだろう。

もっとも、電話の主はとにかく誰かに話をきいてもらいたい。そういうことなのだから、前川の返事などどうでもいいのかもしれない。

〈生命の電話〉というのは出る人間も匿名《とくめい》、かける人間も匿名を徹底させる必要がある。なのに、前川は、相手の家庭環境や職業まで根ほり葉ほりきいたりする。

言葉一つ間違えれば、相手が本当に自殺してしまうかもしれない。そうなったらいったいどう責任をとるのだろう。前川は、そんなデリケートさをはらんだ問題とはつゆほどにも思っていない。話を聞くのが面白くてたまらないという感じだ。

悪趣味だ。いや、悪趣味を通り越してこれは軽犯罪になるのではないか。そんなことを心配しつつ、サツキ自身もついつい話の内容に引き込まれて、あれこれ想像してしまう。人の人生をのぞき見する趣味が自分にもあったことがいささかショックだが、これがなかなか興味深いことも事実だ。

前川がいきなり受話器をフックにおいたので、サツキと橋本はいっせいに彼の方を見た。二人ともはてなマークを顔に描いていたのだろう。いかにも気まずそうに前川は呟《つぶや》いた。

「切れた」

「切れたって、電話がですか?」

サツキが訊く。

「あたりまえだ。電話以外になにが切れるんだ」

いばって言うことか。サツキは内心思った。

「いきなり切れたんですか」

「やっぱり殺して死ぬとのたまって切れた」

「それ、まずくないっすか、社長」

橋本は怯《おび》えた表情になった。前川は苦々しく黙り込んだ。サツキも絶句した。しばらく、重苦しい空気が、三人の間に流れた。

だから、素人がカウンセラーまがいのことをやってはいけないのだ。

思い切って、サツキがたずねた。

「どこの誰です？」

「そこまではわからん。息子がなんとかいう暴走族のメンバーらしい。閉店後の弁当店などに侵入して盗みを働いていたようだ。そのうち警察の世話になるだろうな。昨日も金属バットを振り回して暴れたらしい」

前川は、どこから出してきたのか、爪楊枝《つまようじ》を口につっこんで歯の隙間《すきま》をほじくりはじめた。

「なんか過激な話ですね。確かに、そんな息子がいたら、母親としてはたまりませんね」

「だから息子を殺して自分は井戸に飛び込んで自殺すると……まあ、これだけ死ぬ殺すとのたまう人間は死なんだろう。いや、だいたい殺せんよ。ひ弱な母親にそんな暴力息子を」

前川はそう断言すると、落書きしていた紙を丸めて爪楊枝と一緒にゴミ箱にすてて、そそくさと出かけてしまった。

スケジュールボードに丸田《まるた》商事社長、丸田と打ち合わせと書いてある。

時計を見ると九時二十五分だ。結局、事務所にいたのは九時五分まえからだから約三十分。〈生命の電話〉に出るためにきたようなものだ。

打ち合わせと称して、今日は丸田商事の社長と一日ゴルフ三昧《ざんまい》なのだろう。

肥満体質の前川と虚弱体質の丸田は、運動神経が程よく鈍いもの同士、ちょうどいいゴルフ仲間なのだ。早起きの苦手な二人は、遅い時間から始まる初心者向けのラウンドレッスンを受けるつもりなのだろう。

事務所の窓から表の通りを見下ろすと、丸田の悪趣味な赤いセルシオが止まっていた。社長の巨体がもたもたと助手席に乗り込むと同時に、セルシオは河原町通りを南下していった。

「なに、あっれー！　むせきにーん」

サツキは社長のデスクにさきほど取られたボールペンを取り戻しに行った。デスクのどこにもボールペンはない。落書きと一緒に捨てられてしまったのだろうか。ゴミ箱からくしゃくしゃのA4用紙を拾ってのばしてみる。プリントされた売掛帳の上に、ぐるぐる巻きや縦に引いた線、マル、何重にも左右に往復する矢印、それにへのへのもへじなどの落書きは見つかったものの、ボールペンは見つからない。

また、持っていかれてしまったか。矢印の上にb？keと乱暴に書かれた英文字をみつける。殴り書きなので、bの次の文字がoなのか、それとも別のアルファベットなのか判明がつかない。

oだとしたら、boke、つまりボケ？　自分がボケと笑われたような気がして、腹立ち紛れにA4用紙を二つに引き裂いて、くしゃくしゃに丸めて、窓の方に投げつけた。

引き出しをあけると、奥の方から額縁に入った写真が出てきた。意外にもそれは小学生くらいの子供の写真だ。

「これは、もしかして……」

サツキは橋本の方に子供の写真を向けた。

「ああ、息子さんですね。へーえ、そんなところに写真入れてるんですか」

そう答えた橋本の顔が曇った。

そういえば、社長は十年前に息子を亡くしているのだと、橋本からきいたことがある。サツキはこの会社が設立された当初の求人を見て入社したので、前川とのつきあいは一年足らずだ。橋本は、その前にやっていたミネラルウォーターの会社の時からの社員なので、前川のことには詳しい。その後、妻までもが癌を患い亡くなった。左京区にあった吉田神社近くの一軒家を引き払って今は独り暮らし。そこまではきいたことがあるが、息子の死因については知らない。

「しかし、前川社長も息子さんを失っているのに……死にたいと言っている人間にあんな対応するなんて、あの軽率さは理解できないなあ」

「どうして、息子さん亡くなったの？」

「自殺みたいなこと、きいたことありますよ」

「えっ、そうなの？　いくつぐらいの時？」

「たしか小学四年か五年の時みたいですね」

「どうして自殺したの？」

「そこまで詳しい事情はきいていません。いえ、きけませんよ」

息子に自殺され、妻も病気で失った独り暮らしの男。

もしかしたら、〈生命の電話〉に出るのは純粋に自殺者を救いたい一心。息子が救えなかったことへの後悔の念からなのだろうか。

不器用なりにも、社長は精一杯、亡くなった息子のために〈生命の電話〉に謝罪の気持ちを込めて対応しているのかもしれない。

＊

翌日、出社すると、橋本が血相をかえてサツキの目の前に新聞を広げた。毎重新聞、朝刊だ。

「ほら、これですよー」

橋本が記事を指さした。

暴走族のメンバー自宅で撲殺。母親の死体、井戸でみつかる
京都市左京区吉田中大路町3丁目で、昨日の午後十時頃、松田幸子さん（40歳）宅から幸子さんの長男秀郎さん（20歳）が金属バットで殴られて殺されているのを秀郎さんの友人が発見した。秀郎さんは京都市内のハヤブサという暴走族のメンバーで、最近起こった弁当チェーン店の窃盗事件で警察から事情聴取を受けていた。

その後、裏の井戸から母親の幸子さんの遺体も発見された。

「何から何まで、昨日の電話と話が一致すると思いませんか?」

橋本の顔が強ばっている。確かに似ている。が、信じたくない。

「偶然じゃないの。偶然よ。よくある話じゃないの」

「でも、暴走族のメンバーって」

「暴走族なんてどこにでもいるわよ」

「でも、井戸ですよ、井戸。井戸なんて今時あんまり見かけないじゃないですか」

「最近、溜井戸が流行《はや》っているらしいわよ」

そういいながら、サツキは自分の声が震えているのに気づいた。

「弁当チェーン店の窃盗ってのもありますよ。こんなに偶然が一致すると思います? 間違いないですよ。ここにかかってきたあの電話ですよ。社長と電話で話した後で息子を殺して、井戸に飛び込んで自殺したんですよ」

「でも、井戸に飛び込んで自殺できるものなのかしら」

「ここのところずっと雨でしたからね。水位があれば飛び込んで死ねるんじゃないですか」

まさに、昨日前川が電話で話していた通りのことが現実に起こったということか。

テレビをつけてみる。案の定、モーニングワイドで事件のことをやっていた。

松田秀郎を金属バットで殴り殺した犯人はまだわかっていない。布団の中で殺されていたので、恐らく寝ているところをいきなりバットで殴られたと推測されている。

また、井戸に頭から落ちた状態で発見された母親の幸子の死因については他殺、自殺、事故の三つの線で捜査がすすめられている。ざっと、そんなふうなことをアナウンサーが画面に向かって話している。

やはり、現実に起こった事件なのだ。

しかし、貧乏しか取り柄のない、平凡を地でいっているような会社がこんな事件と関わりあいになるとは。なんとも信じがたい。

もしかしたら、前川の一言が事件の引き金になったのではないか。そう思うと、ぞっとした。あの無神経な応対を思い出すと、嫌悪感がこみ上げてくる。引き出しから息子の写真を見つけて、一時でも社長の肩を持った自分が愚かしい。

「なんか、こういうの丈に合わないっすよね。うちに。もーう、だから、やめときゃいいのに、社長も」

同じことを思ったのか、橋本がため息混じりに言った。

事務所の玄関で物音がしたので、橋本は慌ててテレビを消した。

前川社長が入ってきた。手袋をはめていたらしい部分だけが色白に見えるほど他が真っ黒に日焼けしている。ゴルフ焼けであること丸出しだ。

顔色がやけに悪い。恐らく、事件のことを知って泡をくっているのだろう。

「社長、今朝の朝刊に……」

そこまでいうと、それを遮《さえぎ》って前川は言った。

「朝刊？ 朝刊がどうしたんだ。そんなことより、丸田君と二時まで飲んでて、気分が悪い。うえっー、吐きそうだ」

ゲロを吐くんじゃないかと思わずのけぞったが、大きなゲップだけですんだ。ほっとしたのもつかの間、酒臭い空気がサツキの方に漂ってきたので、同じ空気を吸いたくない一心で口をふさいだ。

どうやら、顔色が悪いのは、二日酔いのせいらしい。しみったれ社長の丸田と一日のんきにゴルフをして、キャバクラで遊んで、遅くまで飲んでいたのだろう。

その間に、親子が悲惨な死に方をしてしまったというのに。なんという感覚の落差。

「この記事、どう思われます」

サツキはけんのある口調でそういいながら、毎重新聞朝刊の記事を前川のデスクに広げた。

前川はしばらく記事に目を落としていたが、ぱたりと閉じて、四つに折りたたむと、何事もなかったような顔で帳面をつけはじめた。

「社長、その記事の人、まさか昨日の電話の人……」

「電話？」

「〈生命の電話〉の、ほら」

「〈生命の電話〉って？」

とぼけるな！　と叫びそうになった。

「昨日の電話ですよ、息子を殺して死ぬとか言ってた母親からの。今の記事、あれじゃないですか」

橋本が言った。

「今の記事とあの話がか？　全然関係ないだろう。いったい、どんな共通点があるっていうんだ？」

共通点だらけではないか。相違点をみつけるほうが難しいくらいだ。

社長は明らかに逃げている。そういえば、金融屋から電話がかかってきた時そっくりのとぼけ口調だ。

「しかし……」橋本がいいかけると前川は大声で怒鳴った。

「そんなつまらない話をしてる暇があったら、新規の得意先を増やすために営業をするんだ！」

結局、その話題は三人の間で二度と浮上することはなかった。前川は、すべてなかったことにして終わらせるつもりなのだ。

が、しかし、そのままなかったことにすることはやはりできなかった。

夕方になって、刑事が二人、事務所にやってきたのだ。

どうして、こんなに早く、警察にバレたのか。

なんのことはない、電話の発信記録から、その母親が最後に電話したのが、ここの事務所だということが発覚したのだ。番号さえわかれば、今時は警察でなくても、容易に相手先を調べることができる。一般の電話ならともかく、前川物産は、おそまつながらもホームページを立ち上げているので、インターネットの検索に電話番号を入力すれば当然引っかかってくる。

刑事の質問に前川社長は応じた。

「ええ、そうなんですな。ここの事務所、〈生命の電話〉と間違えられて時々かかってくるんです。昔の番号が同じだったみたいでねえ。なにせ、新しい会社ですから。古いタウンページには、ここの番号が載っているんですよ」

「なるほどそういうわけですか。そういえば、殺された松田幸子さんの家に古いタウンページがありましたねえ。ここの番号が掲載されているページが折り曲げてありましたよ。それを見てこちらにかけた、ということですか」

「ええ、多分、そういうことでしょう」

「で、どのような内容の話だったのですか？」

「いえ、そこまでは聞いていません。正しい番号を教えて、そちらにおかけくださいと言って、切っただけですから」

前川はきっぱりと嘘を言った。というか本人はそのつもりなのだろうが、声が浮ついている。サツキは刑事の目に不審な色がにじんだような気がした。

「なっ、なっ、そうだよな、西田君、橋本君」

サツキはそっぽをむきかけたが、刑事がこちらをじっと見ているので、仕方なく「はあ、まあ、そうです」と応えた。

橋本も「ええ、そうです」と続けた。

「なるほど、すぐに切ったのですか。しかし、松田さんの声はお聞きになっているわけですね」

「ええ、そうです。年齢は四十過ぎくらいの方ですかね。ちょっとかすれた声でした。〈生命〉の番号を教えたら、『では、そちらにかけます』といって切られましたよ」

「しかし、不思議なことに、その後、〈生命の電話〉に松田さんがかけた形跡はありませんねえ」

前川はぎょっとした顔になった。明らかによけいなことを言って墓穴を掘っている。なんて間抜けなのだ。ただでさえこんな嘘に加担させられて情けないのだから、せめてうまく切り抜けてくれー！　とサツキは心の中で叫んだ。

「そうですか。どうしてかな。ちゃんと番号教えたのにな。ハハハハ」

むなしいから笑いだ。だが、面白半分に話をきいていました、とは口が裂けても言えないのだろう。サツキにしてもそんなことは警察に知られたくない。

「そうですか。ということは、こちらにかけた午前九時五分の時点では、松田幸子さんは生きていたということになりますね」

前川のうろたえぶりを気にしている様子もなく刑事は言った。あの電話は、とりあえず、死亡推定時刻を絞るのに役立っているようだ。

「犯行があった時間に物音とかきこえなかったのですか？」

「松田さんの家は、となり近所からはなれた一軒家なんです。仲間との約束時間に彼が現れなかったので、メンバーの一人が呼びに言って死体を発見したわけです。それから警察が現場に駆けつけて、母親の幸子さんが裏の井戸でおぼれ死んでいるのをみつけました」

「物騒な世の中ですね。で、親子は殺されたのですか？」

前川が強ばった声で訊いた。

「息子はバットで殴り殺されています。母親の方は他殺、自殺、あるいは事故の可能性もありますね」

刑事はそういうと、捜査に協力していただいてありがとうございます、と礼を言って帰っていった。


七時半に社を出ると、さきほどの刑事にサツキは呼び止められた。

「もう少しお話をうかがってもよろしいですか？」

刑事に促されて近くの喫茶店に行った。

「お時間を取らせてすみません。もう一度、松田さんからかかってきた電話について、うかがいたいことがありましてね」

柔らかい口調だが、目がこちらを見透かしているようだ。やはり前川の嘘がバレたのだ。そう思うと、緊張で肩に力が入った。

「はい、なんでしょうか？」

「前川さんが松田さんと電話で話している間、ずっとそばにいらっしゃいましたか？」

「はい、おりました」

「えーと、通信記録によりますと、話していた時間が二十分にも及ぶのです。ただ、番号を教えて切った、にしては長いですね」

「それは……あの……」

「今、これと同じ質問を橋本さんにももう一人の刑事がしているはずです」

なるほど、そういうことか。もはや、警察に嘘はつけない。サツキは観念した。前川社長が話していた一部始終を刑事に説明した。

「では、幸子さんは、息子さんの素行に悩んで、〈生命の電話〉に、いえ、正確にはおたくの前川さんにご相談されたということですね。最後に息子さんを殺して自分も死ぬと？」

「ええ、そうです。ですから、電話の通りになったことがショックで。だから社長もあんな嘘をついてしまったんだと思います。すみません」

サツキは泣きそうになりながら言った。

「電話が切れた後、社長さんはどうされたのですか？」

「友人の丸田商事の社長と宇治のゴルフ場へ行ってしまいました。それから、夜遅くまで二人で飲んでいたようです」

「そうですか」

「あの……やはり、あの電話の母親が息子を殺して、井戸に飛び込んで自殺した、そういうことなのでしょうか？　あの電話の方、そんなに追いつめられていたのですか？」

「その電話の内容からすると、その線が濃いですね。追いつめられていたかどうか……。殺された息子さんのことでそんなに悩んでいたとはおもいませんでした。あの息子は弁当チェーンの金庫やぶりの件で事情聴取したことがあります。母親の方は面の皮があついというのか、ふてぶてしい感じでしたけれどもね。最近になって、マンションの管理人の仕事が見つかったから楽できると近所の人に明るく言っていたようでもあります。追いつめられていたんですかねえ」

「明城牛乳の配達をされていたとか」

「それまではそうだったようです」

「前日に息子さんが金属バットを振り回して暴れたというのは？　そんなふうなことを社長は言っておりました」

「ああ、なるほど。そういう形跡はありましたね。電化製品など家のいろいろなものが壊れていましたから。母親としてはたまりませんねえ。やはり息子を殺しての自殺、それも考慮にいれるべきですね。というか、その可能性が高いようです」

「あの……死亡推定時刻はいつ頃なんでしょうか？」

好奇心からサツキは訊いた。

「死体が発見されたのが午後十時。亡くなってからほぼ十時間から十五時間くらいたっていると推測されますね」

つまり松田秀郎が殺されたのは、午前七時から十二時くらいまでの間ということになる。九時五分頃に電話があり、二十分は話していたのだから、約二時間半は絞れたことになる。

サツキは刑事と別れて喫茶店を出ると、北大路通りから市バスに乗った。バスのつり革を持って、ぼんやりと刑事の話を思い返していた。なんとなく釈然としなかった。

何かが食い違っている。

電話では、息子が世間に迷惑をかけていることにあの母親は悩んでいるようだった。なのに、刑事の話では面の皮があつくてふてぶてしい女だという。人物像に違いがある。マンションの管理人の仕事が見つかって楽できると近所の人に言っていたのも矛盾している。前川に話していた内容から推測すると牛乳配達のノルマに苦しんでいたのではないか？　管理人の仕事が見つかったのだったら、そんなことをいうのはおかしい。

あれは、本当に、松田秀郎の母親がかけてきた電話だったのだろうか。

だが、電話の発信履歴や通信記録があるのだ。違う人間が、そんなところから電話をかけてくることはありえない。

松田幸子は、ただ、単に同情してもらいたくてそんなことを言ったのだろうか。以前は牛乳配達のノルマに苦しんでいたので、そのことの大変さを思い出して愚痴りたくなった。

バスは堀川通りを北へ向かって走っていく。

その間もサツキは考え続けた。

犯人が別にいる。ふとよぎった可能性に戦慄した。もしかしたら、電話をかけてきたのは真犯人で、あの親子を殺して、そのあと、母親に犯行をなすりつけるために〈生命の電話〉にかけたのではないか。

だとすると、その犯人は、松田幸子に詳しい人間だ。牛乳配達をしていることまでは知っているが、管理人の仕事が見つかったことは知らない者ということになる。

犯人は四十代くらいのかすれた声の女性。その年齢の女性が親子を殺すいったいどんな動機があるのだろうか。息子は暴走族のメンバーなのだから、なにかとトラブルが多かったただろう。殺したいと思っている人間はいたかもしれない。だが、それだと若者同士のトラブルのような気がする。

それに、その中年の女は、母親の幸子まで殺してしまっている。どうして母親まで殺したのか。犯行の現場を目撃されたから。だったら、現場である家の中で目撃されたことになる。それから裏庭の井戸でおぼれ死にさせようとすれば、そうとうに争わなくてはいけない。だとすると、警察が自殺の可能性を排除しているはずだ。幸子の死体には争った跡がなかった。だから、自殺の可能性が生きているということだ。

犯行を目撃されたのだとしたら、てっとり早い方法としては、やはりバットで撲殺することだろう。目撃されて慌てて殺すのに自殺を偽装するのは容易ではない。

まてよ、母親の自殺を偽装するために、母親を先に殺して、次に息子を殺したとしたらどうだろうか。たとえば裏庭で草むしりかなにかしている母親を見つけて、井戸に突き落とす。そして、その後、寝ている息子を撲殺する。

そして〈生命の電話〉にかけて、息子を殺して母親は自殺したようにみせかける。

だが、母親に犯行を押しつけるためだけに二人も殺すだろうか。息子に恨みをもっているのだったら、どこか別の場所で殺してしまったほうがてっとり早いのではないか。やはり、親子どちらにも恨みをもっている人間の犯行という気がした。

前川が話していた内容、新聞の記事、そして、また別のことが不意にサツキの胸に飛び込んできた。

松田親子の住所だ。左京区吉田中大路町とあった。なんと、吉田神社の近くではないか。つまり昔、前川が住んでいた場所の近所だ。

前川の息子は十年前に自殺している。息子の自殺と今回のことになんらかの関係があるのではないだろうか。橋本の話では小学四、五年生の時に自殺しているという。当時十歳か十一歳。松田秀郎は殺された時、二十歳。そこから十年を引くと十歳。

つまり二人は同じ校区でしかも同じ学年だった可能性が高い。秀郎は当時から不良の素地をもった荒っぽい性格だった。母親は面の皮があつくふてぶてしいという。

子供の自殺の原因の多くに『いじめ』がある。

サツキは改めて引き出しに入っていたあの子供の顔を思い出した。見ているこちらまでつられて笑ってしまいそうなほど、少年の笑顔は愛らしかった。垂れ下がった目尻と少し出っ張った歯が社長にそっくりだ。

引き出しをあけては、死んだ息子の笑顔をこっそりのぞいている社長の姿がふと頭に浮かんできて、目頭が熱くなった。

偶然、松田幸子が〈生命の電話〉と間違えてこの会社にかけてきた。前川はその電話の主がむかし自分の息子を自殺に追い込んだ秀郎の母親であることに気づいた。

幸子は悩みの相談はしてきたものの、息子を殺して自殺する気などなかった。

息子を殺して自分も死ぬと言って切れた、というのは前川の作り話。そして、その後、実際に、二人をその通りに殺したとしたらどうだろう。

死亡推定時刻は午前九時二十五分から十二時までの間。あの日の前川のアリバイはどうだろう。会社まで迎えに来た丸田社長と一日ゴルフをしていたという。

サツキは上堀川で市バスを降りた。自分の住むアパートに行く間にまた想像をふくらませた。アパートの部屋に着くと丸田社長の会社に電話した。

丸田は常々からサツキに好意を寄せてくれているので、「西田です」と名乗ると、それだけではしゃいだ声になった。さりげなく、昨日の前川との行動についてたずねてみた。

二人は車で宇治のゴルフ場へ行き、そこで半日ずっとゴルフをやっていたという。

「では、片時も離れなかったのですね」

「ゴルフ場でトイレに何度かいきよったよ。せいぜい五分か十分くらいや」

宇治のゴルフ場で五分や十分、席をはずしたところで吉田神社近くまで親子を殺しにいけない。

「それだけですか？」

「そういえば、前川のやつ、急に腹痛い、いい出してな、それで、行く途中で荒神口《こうじんぐち》の喫茶店に入ったな」

荒神口だったら、吉田神社から比較的近い。

「一緒に喫茶店に入ったのですか?」

「ああ。そこで、あいつ、すぐにトイレに駆け込みよった。これが、なかなか出てきよらへんのや」

「なかなかって、どれくらいの時間ですか」

「十分か十五分くらいかな。僕はコーヒーを飲みながらそこのママと話しこんでしもてな。いや〜、そこのママが美人でね……」

話が長くなりそうなので、適当に相づちを打って電話を切った。

サツキは京都市内の地図を引っぱりだしてきて印を入れてそれを見ながら考えた。

荒神口から吉田神社までの距離は一・五キロくらいだ。

だが、トイレに十分や十五分入っている間に、何ができるというのだ。仮に喫茶店のトイレから丸田に見つからずにこっそり抜け出したところで、十五分で現場に行って、親子を殺して帰ってくるのは不可能だ。肥満体の前川の足だと、片道だけで二十分はかかりそうだ。

タクシーで行ったとしたら? いや、タクシーなど拾えばすぐに足が付く。車を使ったとしても、片道四、五分はかかるだろう。トイレから松田の家に瞬間移動できたとしても、親子を殺す時間はない。

社長には完璧なアリバイがある。まさか、と思ったがサツキは安堵した。

地図をぼんやり見ているうちに昨日社長が捨てた落書きを思い出した。あの落書きにあったマルや線の位置が、どこかサツキが地図上につけた印と似ているのだ。矢印はまるで……。

また、不穏な邪推がサツキの脳裏に広がった。

あの電話がすべて前川社長の自作自演だとしたら……。実際には、そんな電話はかかってこなかったのだとしたらどうだろう。

前川はあの電話より前に親子を殺していた。

そこまで、考えて、サツキは震え上がった。

しかし、この考えには無理がある。電話だ。電話の発信記録があるではないか。

共犯者？　いや、社長の妻はすでに癌で他界している。共通の動機をもった共犯者がいるとは考えにくい。

そしてまたサツキは考える。

確か、息子は金属バットを振り回して前日に暴れたと言っていた。その形跡があったと。

電化製品が壊れるほど暴れたと。

壊れたものの中にいったい何があったのか。

サツキは昨日の刑事にもらった名刺を鞄から出して、電話をかけた。

「前日、息子さんが暴れて壊したものの中には、もしかしたら電話機もありますか？」

「ええ、確かに電話も壊れていました。それが何か？」

ああ、やはりそうだったのか。電話は壊れていたのだ。

「いいえ、なんでもありません。分かりました」

サツキはそう言って電話を切った。


翌日、サツキは会社に行くと、昨日の続きを頭の中で整理した。電話機が壊れていたのに、松田幸子は電話をかけてきた。この不可解な謎。

サツキは昨日二つに破って窓際に投げつけた落書きを拾ってのばし、セロテープで貼り付けてじっと考えた。

そうか。左右に何重にもボールペンで往復した矢印の上に書かれた英文字。この文字の意味が分かった。

右下の方にあるぐるぐる巻きは位置的に宇治のゴルフ倶楽部を示している。線はそこまで行く道筋。マルは荒神口付近の喫茶店。そして横向きに何重にも引いた矢印は、喫茶店から松田親子の家に行くまでの道のりだ。英文字はｂｏｋｅではなく、ｂｉｋｅ、つまり自転車の意味だ。

前川は、電話をしながら、これから自分が取るべき行動を無意識に、もしくは意識的に落書きしていたのだ。とりあえずゴミ箱に丸めて捨てておいて、後から処分するつもりだったが、サツキが窓際に投げてしまったので、見つけられず、処分できなかったのだ。

すると、次のような仮定が成り立つ。

松田幸子がここにかけてきたのは、携帯電話からだったのだ。家に電話があるのになぜ携帯からなのか、と警察が疑問に思わなかったのは、電話機が壊れていたからだ。

前川は庭にいる幸子を井戸に突き落とし、それから息子をバットで殴り殺した。そして家中のものをバット（これは別のバットをもちいたのかもしれない）で壊し、電話機も壊した。そして、松田幸子の携帯電話を会社にもってきて、ここの番号をダイヤルした。まてよ、指紋はどうしたのだ。携帯の番号を押したら指紋がつくではないか。

なんらかの方法で指紋がつかないようにしたのだ。たとえば、手袋をはめるかハンカチで携帯を持つ。そして、ダイヤルをプッシュするのに指ではなく、爪楊枝のような細いものを用いるなどして。

それからはすべてが前川の芝居だ。自作自演の会話が終わると、前川は、すぐに社を出て、丸田社長とゴルフ場へ向かった。

途中でトイレに行きたいといい、荒神口の喫茶店へ入る。そのトイレには恐らく窓があったのだ。そこから抜け出して、あらかじめ用意しておいた自転車で、猛スピードで親子の家に行く。携帯電話を幸子の家に戻して、喫茶店に戻ってくるだけなら十五分もあれば可能だ。そして、トイレから出てくると何食わぬ顔で丸田社長と一日ゴルフをやった。

そこで、自分のアリバイも保証される上に、幸子が電話で息子を殺して自殺したことの証人としてサツキや橋本を利用できる。

恐らく、この犯行は、前川物産が昔の〈生命の電話〉の番号と偶然同じであることから計画されたのではないだろうか。前川が電話に面白半分に出るのは、その日のための準備期間だったのだ。

息子を自殺に追い込んだ、松田秀郎、そしてそのことにみじんの罪悪感も抱かないふてぶてしい母親への復讐心。そんなものが彼の心の中でずっと蠢《うごめ》いていたとしても不思議はない。

証拠を湮滅《いんめつ》するべく、サツキは、落書きをビリビリに破ってゴミ箱に捨てようとしたその時、前川社長が社に現れた。サツキは慌てて、破った落書きを右手で握りしめると、社長の席を離れた。

前川の視線がサツキの手元に注がれた。その目の芯には寒気がするほどの凄みが潜んでいた。そこには、あの浅はかな表情はみじんも見受けられなかった。少なくともサツキにはそう感じられた。

完全犯罪。社長はものの見事に完全犯罪をやってのけたのだ。こんな緻密で大胆な計画を実行するだけの度胸のある人物だったとは……驚きだ。

その日から、サツキは、前川に半分敬意、半分畏怖《いふ》の念を抱くようになった。日増しに畏怖の念が強くなり、こんな怖ろしい犯罪をやり遂げた人間の下で働いていることに負担を感じるようになった。

しかし、それも一カ月足らずの間だった。刑事が逮捕状を持って社に現れたのだ。

完全犯罪だったはずの親子殺し。あの緻密な犯行のいったいどこにもれがあったのだろうか。

刑事の話を聞いて、サツキは啞然《あぜん》とした。

もれどころか、この犯行には誰もが気づく大きな穴があった。

エリアだ。携帯電話は、かけた位置が分かるようになっている。あの電話がここからかけたものだということが、警察の調べで簡単に発覚してしまったのだ。それから前川は何度か警察に呼ばれて事情聴取を受けていたらしい。

さらに、科学捜査が綿密な分析をかけた結果、松田幸子の家にあったタウンページの折り目についていた指紋、畳の上に落ちていた毛髪と衣類の繊維が社長のものと一致したという。

あれほど望んでいたではないか。うまく切り抜けてほしいと……。

ああ、愚か者、とサツキは前川を心の中で罵倒した。しかし、それは同時に、完全犯罪と信じ込んだ自分にむけた怒りでもあった。

刑事と一緒に事務所を去っていく前川の背中を見ながら、サツキは深いため息をついた。

味なしクッキー

プロローグ——人間消失

雪江《ゆきえ》は自分の体から離れ、仰向けになった男の肩に腕を回し、髪をくしでとかすように指先でいじくりながら、汗で湿った胸に自分の頬をあてた。心臓の鼓動が耳に響いてくる。

「忠《ただし》さん、好きえ。愛してる。これからも、ずっと、ずっと、私、あなただけを愛し続けるつもり」

鍵山《かぎやま》忠は雪江より十歳下の四十二歳だ。もう十年以上も二人の関係は続いていた。

「まだ、夜は長いんやから、お互い、愛しあって、そしていっそのこと、このまま私、昇天してしまいたい。あなたに殺されるほど愛されたら、なんぼのこと、私、本望やろうか」

雪江は彼の手を取り自分の胸に押しつけたのだが、男は、その手を振りほどいて、突然立ち上がり、トイレへ行ってしまった。

しばらくして戻ってくると、雪江を見下ろして「そんなにあいつがええのか！」とドスのきいた声が耳に飛び込んできた。

――えっ？

声の質が鍵山と違うことに気づいて雪江は返事に戸惑い、男を見上げようとしたが、その暇もなく、声の主はいきなり雪江の上に馬乗りになり、こめかみを殴りつけてきた。脳しんとうを起こして頭がくらくらした。

「何、すんの！」

雪江は、なんとか声を絞り出したが、かすれて自分でも殆ど聞き取れない。両手が、雪江の首をつかんだ。

雪江は自分の首を締め付けてくる男の手を必死ではずそうとした。その時、はっきり相手の顔が見えた。男は頰の筋肉を引きつらせて、真っ赤な顔をしている。その嫉妬に狂った顔は鍵山ではなかった。

「あ、あんたは」

「この淫売、裏切り女め！　おまえの望む通りに、殺してやったら、おまえは成仏するんか！」

雪江の首を絞めているのは、夫の彰一《しょういち》だった。鍵山がいつのまに夫に？　トイレに行っている間に二人は入れ替わったというのか。

そんなことがありえるだろうか？

――こんなはずない。何かが狂うてしもてる。

いくら考えても分からなかった。だが、最近の雪江の周辺では、自分の方が頭がおかしくなってしまったのではないかと思うほど、奇怪な出来事が相次いでいる。あるはずのものがなくなったり、時間が飛んだのではないかと疑うほど早く、昼だったのに夜が訪れたり、また、そこにいるはずのない人物が現われたり、消えたりする。気がつくと目を覚ましていて、今のは夢だったのか、と胸をなで下ろすのだ。だが、時々、夢と現実の区別がつかなくなることもある。

これも夢？

いや、違う。これは夢ではない。現に、こんなに苦しいではないか。

今自分が置かれている状況を冷静に解釈しようと試みるが、頭にもやがかかったようなまどろっこしさで集中できない。

しっかりするんだ。

ここへ至るまでの経緯からまず思い出すのだ。

雪江は、不倫相手の鍵山忠を誘って、このホテルへ来たのだ。もちろん夫に知れることがないよう、用心に用心を重ねていた、そのはずだ。浮気がばれることを恐れて、鍵山と携帯でのやりとりはいっさいしていなかった。雪江が働いているフランス料理店の常連の彼が来たときに、こっそり、誰にも聞こえないところで、耳打ちしてデートの約束を交わすことにしていたのだ。だから、ここへ来ることは誰も知らないはずだ。店のオーナー、名前はなんだっただろうか？　そうそう、海月《うみづき》と早苗《さなえ》ですら知らないことだ。

夫は自分たちの跡をつけてここまで来たのだろうか。いや、雪江たちは車で来たのだ。つけられていれば気づくはずだ。後ろの車には十分注意していた。それに、吝嗇《りんしょく》な夫は、維持費がかかるからと車は持たない主義だ。

ホテルの部屋の鍵だってかかっていた。記憶違いなどでは断じてない。だから、夫がこの部屋へ入ってこられるはずはない。もしかしたら、自分たちが来る前から、トイレに潜んでいたのだろうか。だが、先ほど、雪江がトイレに行った時は誰もいなかった。だいたい、ここは確か十階なのだから、トイレの窓から侵入することなどできるはずがない。

雪江は、近ごろ筋道をたてて物事を考えるのがひどく億劫《おっくう》になっていたが、それでも、この奇怪な状況を理解するべく、脳みそをフル回転して考えた。

夫はベッドの下かどこかに前もって隠れていたのだろうか。そして、二人が愛し合っている間にトイレに移動した。だがそれだと、雪江たちが、この部屋に泊まることを前もって知っている必要がある。

もしかしたら、ホテルとグルだったとか？　それだって、雪江たちがここへ来ることを前もって知っていなくてはいけない。

夫が雪江たちの知らない間に、この部屋に入ってこられるなんてことがあるのか？　ありえない。どうしてこうなるのだ。それに、鍵山はどうしたのだ。トイレに行ったっきり戻ってこないではないか。雪江は鍵山の安否を気遣った。

「忠さんはどこへ？」

「あいつは死んだ」

――死んだ？　あんたが、あんたが、殺したんか？

トイレに行った鍵山は、中に潜んでいた夫に殺されたということか。鍵山はトイレの中で死んでいるか、もしかしたら瀕死《ひんし》の重傷なのではないか。

不意に抵抗するのをやめると、夫の締め付ける力が少し緩まった。その隙《すき》に、雪江は渾《こん》身《しん》の力を振り絞って、夫の手をふりほどくと、トイレに駆けていった。

ノブを握って、ドアを思いっきり大きく開いた。

中には誰もいなかった。そこにいるはずの鍵山忠は消えてしまっている。

――そんなバカな！

なんということだろう。ついに自分は狂ってしまったのか。それともやっぱり、これは夢？

後ろに気配を感じて、振り返るとすぐそこに夫が迫ってきていた。叫ぶ暇もなく、夫は雪江の腕を捕まえるとベッドの方まで引きずっていき、思い切り突き飛ばした。ベッドに仰向けに倒れた雪江の上に夫がのしかかってくる。手が再び雪江の首に回された。今度は先ほどのような手加減はない。手がめきめきと首の骨にめり込んでいった。

――苦しい！　忠さん、助けてぇ！

もはや声は出ない。心の中で必死でそう叫んでいるだけだった。意識が朦朧《もうろう》としてきた。

その時、ふと、昔の光景が蘇《よみがえ》った。あれはいつ頃だっただろうか。確か、鍵山とこのホテルへ以前にも来たことがあった。雪江の方から誘ったのだ。

そう、あれは……。断末魔の中で雪江は、思い出していた。闇へと落ちていく意識の残りカスから、記憶が蘇ってくる。あの時は、こんな、こんな結末ではなかった……。

忠さん、あなたは私を殺してはくれなかった……。

事情聴取

「どうして、あなたは奥さんを殺したのですか?」

取調室に入ってきた刑事は私の向かい側に座ると、昨日と同じことを訊いた。これで三度目だ。

「妻が浮気したからです。それで逆上した」

「その現場をあなたは目撃したと?」

「ええ、そうです。現場に私はいました」

「で、奥さんは誰と浮気したのですか?」

これも同じ質問だった。

「鍵山忠という男です」

刑事は苦笑した。信じがたいという顔だ。

「その男は三年前に交通事故で死んでいます。それに、奥さんの遺体からは、あなたとの性交の痕跡だけがありました」

「ああ、そうですか。そうでしょう。しかし、私の言っていることに間違いはありません」

私は言い張った。

「あなたはすでに死んでいるはずの鍵山忠と奥さんとの浮気の現場を見つけて、それで逆上して殺してしまったというのですか？　鍵山という男の亡霊でも見たのですか？」

刑事はまるで狂人を見るような目つきで私の顔を見た。

「刑事さん、これは錯覚でもなんでもありません。鍵山と雪江の情事の現場を私は押さえたんです。しかし、そんなふうに妻をそそのかしたのは、この私なんです。すべては私の責任です。私はバカなことをしてしまいました」

「確かに、バカなことをやったものですね。奥さんが浮気したと勘違いして殺してしまうなんて。クッキーを焼くのが上手な、近所でも評判のいい奥さんだったみたいじゃないですか」

いい奥さん……確かに、世間から見れば、妻はそんなふうに見えたのかもしれない。

私のことなどまるで汚いものでも見るみたいな目つきで、あんなに冷酷でいられたくせに。

それにしても、私はどうして、あんなことをしてしまったのだろう。

欲望。そう、欲望に負けたのだ。妻を抱きたいという肉体的欲望に。

何から説明すればいいのだ。この刑事に説明して、いったい何になる？　分かってもらえるのだろうか。仮に分かってもらったとして、それで何かが変わるのだろうか？　何も変わりはしない。だが、今の私はすべてを失ってしまった。偏執的《へんしゅうてき》な思いこみすら失ってしまった。もう何も自分にはない。

私は自分の胸の内を誰かに聞いてもらいたい心境になった。

＊

私は真面目なだけが取り柄の、某食品メーカーのサラリーマンで、妻の雪江とは見合い結婚だった。美しい彼女に一目惚れした私は、一度は断られたものの、ねばり強く彼女に求婚し続け、ついに結婚までこぎ着けた。私は、学歴も収入も、世間と比べてぱっとしないので、京都で代々続いている老舗《しにせ》和菓子屋の美しい一人娘の雪江とは不釣り合いだと自分でも自覚していた。

三十に手が届きかけていた彼女は、両親に強く説得され、渋々私との結婚を承諾したようだった。

結婚当初、自分の好きな女を射止められた私は有頂天になり、彼女に少しでもいい生活をしてもらおうと精を出して仕事に励んだ。

だが、雪江が私を見る目は、どこかさめていた。私のことなど最初からそれほど愛していなかったのだから当然かもしれない。愛情というのは、こちらが誠実に接することで育っていくものだと私は信じていたし、最終的に結婚に承諾した雪江の方でもそうだったのだろう。

結婚して最初の五年間、二人は子作りに励んだ。子はかすがいという言葉を信じ、子を介して、二人の愛がはぐくまれることを私は期待した。雪江の方でも私のことを愛そうと努力しているようだった。

しかし、どちらが原因かは分からないが、私たちは、子供に恵まれることはなかった。それから少しずつ、二人の関係は冷たい方向へと進んでいった。というより、最初から一方通行の愛だったのだ。それが、なんらかの努力によって、なんとかなる、という希望から、なんともならないという絶望へと変わっていった。少なくとも、雪江の方では、夫婦生活に対する努力も熱意もあまり見せなくなった。彼女の私に対する眼差《まなざ》しは、何かつまらない現実を見るような、しらけたものだった。

だからといって、雪江と別れるつもりはなかった。彼女を手放すくらいなら、どんな冷たい結婚生活でも耐えるつもりだった。彼女が居ることで被《こうむ》る痛みより、居ないことで生じる喪失感の方が遥かに大きいことを私は知っていた。どんなに冷静な態度であろうと、私の経済力に頼っている彼女は、どこかで私に与《くみ》していた。そこで生きていく以上、ある一定の基準の主婦である必要があることを理解している、そういう意味で分別のある女だったのだ。常識から極端に外れることのできない資質というのだろうか。料理を作るのもそこそこ上手で、家事に手を抜くこともなかった。

特に彼女はクッキーを焼くのが得意で、さくさくした食感にバター風味が程よく効いた、どこでも食べることのできない美味しいクッキーだった。休みの日に、雪江のクッキーと紅茶を飲むひとときは、私には過ぎた贅沢《ぜいたく》な時間のように感じられた。

私が食卓にどうしてもぬか漬けが欲しいと主張すると、ちゃんと作ってくれる従順な性格でもあった。雪江は、そんな家庭的な面をちゃんと持っている女だったのだ。

仕事から帰ってきて、彼女の漬けたキュウリとナスの漬けものを炊きたてご飯の上にのせて食べると、ぬか独特のほのかな酸味が口の中に広がり、私の心は和《なご》んだ。

そういったことに、私は、一縷《いちる》の希望を見いだしていた。雪江は実は愛情表現の下手な女なのだ。こちらの望むことは、ちゃんとやってくれているのだから、それが愛情の証ではないか、と。

子供を作ることを半ばあきらめた頃、家事をしているだけでは生き甲斐を感じないと彼女は言い出した。高校の頃の同級生の早苗が夫婦でフレンチレストランを開店するので、そこで週三回だけ働かせて欲しいと。レストランとはいえ客商売だし、夜遅くまでの仕事なので、言語道断だと、私は反対した。それであっさりあきらめるだろうと思ったが、予想以上に、彼女は、その仕事に固執した。私は反対し続けた。

しばらく冷戦状態が続いた。ある日を境に、彼女は、ぷっつりと口をきかなくなった。こちらから何かを言っても、無愛想に「そう」と冷たい返事が返ってくるだけで、それきり、会話はぷっつりとぎれてしまうのだ。結婚した時から、家ではあまり笑わない、表情の乏しい女だったが、それでも、表面的には、普通に会話していたのだ。それが、能面のような無表情のままずっと口をきいてくれなくなった。それだけではない。料理は作ってくれるものの、今までのように、私の帰りを待って一緒に食べてくれることはなくなった。冷えたおかずとご飯が一人前、リビングのテーブルに置いてあるだけだった。好物のぬか漬けが食卓に出てくることもなくなった。

この状態が続くことが私には耐えがたい地獄のように感じられた。

結局、私は根負けした。彼女が外で働くことに渋々承諾したのだ。雪江は私に感謝し、たちまち機嫌が直り、家庭でのサービスは以前よりよくなった。それでも、週三回、彼女が夜遅くに帰ってくることが、私は不満だった。

レストランの給仕のような仕事は、きつい上にたいして報酬もないから、そのうちに嫌気がさしてやめるだろうと、私は我慢した。だが、雪江は、その仕事が大層気に入っているようで、いっこうにやめる気配はなかった。

ある日、私は、烏丸丸太町近くにある、そのフレンチレストランに足を運んでみた。経営者が海月という名前なので、フランス語で海を表す「LA MER　ラ・メール」という名前の店だった。名前の通り、魚や海老を使った海鮮フレンチが得意な店らしい。

私は深々とかぶった帽子のツバで顔を隠して、店の前を通り過ぎる振りをしながら、ガラス越しに中の様子をちらっとのぞいた。

カウンターがあり、その向こうに雪江の姿を見つけた瞬間、私の気持ちは凍りついた。立ち去ろうにも、足がその場に釘付けになったまま動かなくなった。

赤ワインのボトルを傾けながら、客に話しかけている妻の表情が私に一撃を食らわせたのだ。自然で朗らかな、なんともいえない優雅な微笑みを口元にたたえている。あんなに優しい妻の笑顔を、私はいまだかつて見たことがなかった。恐ろしいものでも見るように、じっと彼女の姿を凝視《ぎょうし》した。カウンターに座っているのは、三人。若い男二人と中年の女性だ。他にテーブル席もあり、そちらに料理を運んでいる四十ちょっと前くらいの女性の姿を見かけた。多分、あれが妻の高校時代の友人、早苗なのだろう。厨房で料理を作っている頭にコック帽をかぶっている男、あれが、早苗の夫、海月だ。十年くらいフランスで料理の修業をしてきたという。

何がおかしいのか、雪江は、カウンターの男と話しながら、笑い出した。私は自分の耳に届いてこない彼女の笑い声がいったいどんなものなのかを想像してみた。そして、愕然《がくぜん》とした。妻がどんな音質の声を発して笑っているのか、イメージすら湧いてこないのだ。私は何も知らない。妻の笑い声を知らないのだ。

私は完全に打ちのめされ、意識が遠のきそうになった。

――あれは雪江やない。別の女や！

私は、心の中でそう叫ぶと、それ以上、その場にいることが耐えられなくなり、逃げ帰った。

雪江に仕事をやめてくれるよう説得しようかと考えたが、それで彼女の機嫌を損ねるのが怖くて、言い出すことができなかった。

しばらく、彼女といても、息の詰まるような緊張感が続いた。もっとも、気持ちが張りつめているのは私の方だけだったのかもしれない。雪江は、私の態度が変わったことに気づいていないようだった。

私の方は、その日以来、自分が妻にとっていかに魅力のない人間か、そのことを思い知らされて、決定的に傷つき、すっかり気持ちがねじけてしまった。

私の前では決してあんなふうに笑うことのない妻を憎み、（もう金輪際《こんりんざい》、こんな女になど執着してやるもんか！）と心の底で悪態をついてみたりした。しかし、だからといって、小心者の私は、今の環境を変えることはできなかった。そもそも変化というのが私は嫌いだった。皮肉なことに、それが雪江を退屈させる大きな要因になっていたのだろう。

「ラ・メール」へ行ってから、私は、家での彼女の姿を、今までとは違った目で観察するようになった。彼女は家にいても、きわめて事務的に家事をこなすだけだった。

本当の雪江は、この家には存在していないのではないか、と疑うほどに彼女は無機質だった。皮肉なものである。店で働いている時の彼女の姿さえ目撃しなければ、そんなことには気づきもしなかったのに。私は見てはいけないものを見てしまったのだ。

夜の生活も、子供をあきらめてからはとんとなくなっていた。私の方では求めていたのだが、彼女の醸し出す拒絶の空気があまりに強烈で、それに気圧《けお》されて、要求する勇気すらなくしてしまった。

それでも、私は、雪江との生活に執着し続けた。離婚など、聞こえの悪いことは、もってのほかだ。家でこそ無愛想だが、雪江はクッキー作りにはますます精を出すようになり、たくさん作って近所の人に配ることがあった。道でばったり会った主婦に「奥さんからいただいたクッキー美味《おい》しかったわあ！」と褒《ほ》められると、悪い気分はしなかった。ありがたいことに、外側だけでも体裁を繕《つくろ》ってくれているのだ。

　変わらない日常というのを私はこよなく愛していた。雪江と結婚したことそのものが、私の人生において、もっともまばゆい変化だった。それ以上の非日常を受け入れるほど、私のキャパシティは大きくなかった。会社へ行って、帰ってきて、雪江の作ったぬか漬けを食べる、それで私はいっぱいいっぱいだったのだ。自分が幸せであるか、不幸せであるか、そんなことを自らに問うことを避け、店での雪江の生き生きとした表情、見てはいけないものの記憶が日に日に薄れていくことだけをひたすら願った。

　そんな状態が十年も続き、私の傷がようやく癒《い》えかけた時、雪江にある変化が訪れた。レストランでトラブルを起こし、経営者夫婦と大げんかしてやめてしまったのだ。

　いったいどういうことなのか、私には皆目分からなかった。しばらくたってから、海月早苗から電話がかかってきた。彼女は雪江とのトラブルについての経緯を話した。早苗は遠慮がちに説明するものの、問題はすべて雪江の方にあるといったようなことを始終ほのめかした。

　ここ数カ月ほど、雪江は、簡単な計算もできなくなり、給仕の際に、頻繁にミスを犯すようになったという。本人もそのことで苦しんでいるようだったので、なるべく責めないようにしていたが、夫の海月がイライラしはじめて皮肉を言うようになった。それがきっかけで、雪江は、パニックを起こし、気まずい関係になってしまったという。

早苗は、若年性認知症、という病名を出し、病院へ連れて行った方がいいのでは、といったことをやんわり私に勧めた。

――こんなこと、言いにくかったんですけど、やっぱり、お話ししておくべきやと思い、お電話しました。

最後にそう言って、早苗は、電話を切った。半ば信じられない思いで、私は雪江に起こったことについて考え込んだ。

若年性認知症、思いもよらない病名だった。家では、そのような兆候は、殆《ほとん》ど見受けられなかった。私は、早苗の話が受け入れられず、そのままやり過ごした。

だが、その間にも、雪江の病気は進行していたのだ。家事が満足にできなくなっているのは、なんとなく分かった。夕飯の魚の塩焼きが甘かったり、煮物が異様に塩辛かったり、おかしな味に首をかしげることがあった。

ある日、帰ってみると、部屋に取り込んだ洗濯物がそのまま山積みになっていて、夕飯もできていなかった。

食卓の皿の上に、なにやら不格好にご飯を丸めたものが二個置いてあった。おにぎりにしては、やたらに大きくて、半分崩れかけていて形もととのっていないし、海苔《のり》もまいていなかった。

それだけではなかった。キッチンのカウンターにはメリケン粉が飛び散っていて、オーブンが煙を噴いていた。あけてみると、鉄板に黒こげになったクッキーがこびりついていた。

雪江の姿を探してみると、一人布団に潜り込んで、じっとしているのだった。

私は、妻の元に近づき、布団の上から軽く体を揺すって、名前を呼んだ。

起き上がった妻は、私の顔を見て「ちょっと疲れたさかい休んでるんです。テーブルの上におにぎりが置いてありますさかいに、それを食べといてください」

「おにぎりって、なんやあの巨大な不格好なもんは。それにオーブンにあるもん、あれはどないしたんや？」

「クッキー焼いてるんです」

「真っ黒焦げになってるで。なにアホなことしてるんや！」

私は感情にまかせて怒鳴ってしまった。すると、妻は、なんとも名状しがたい、悲しい顔をした。自分に何が起こっているのかを、まったく理解していないわけではない。自分が壊れていくことへの計り知れない恐怖がその表情からうかがえた。

その時、初めて、私は雪江の人間らしい表情を見たような気がした。早苗が言っていた通りだ。雪江は若年性認知症に冒《おか》されているのだ。

これから、この妻の面倒を私が見なくてはいけない。私は、そう覚悟を決めた。

雪江を病院へ連れて行き、医師や介護師の助言を聞き、認知症になった妻の介護を始めた。物忘れはひどいものの、幸い、トイレと風呂へは自分で行けるので、その世話をする必要はなかったから、介護といっても比較的楽なものだった。ただ、一人で出かけて帰ってこられなくなったことがあり、その時、警察にお世話になったので、玄関にもう一つ門扉を作ってもらい、外から鍵をかけるようにした。

キッチンでおかしなものを作らないように、キッチンのガスの元栓と電気のブレーカーを閉めておけば、家で一人ごろごろ寝ているか、ぼんやりテレビを見て大人しくしていた。私は、勤める傍ら、帰ってから食べやすい食事を作ったり、洗濯など家事全般をやった。

最初の頃こそ戸惑ったものの、症状が劇的に進行することはなかったので、半年もすると、忙しいながらも、私を安心させる、緩やかな日常が戻ってきた。

「ラ・メール」で働いていた頃の、私の知らない世界を持った雪江より、いくら病気であっても、こちらに頼りきっている彼女の方が私には遥かに愛おしかった。私は、自分だけの雪江といることに心の安らぎを感じた。皮肉なもので、雪江の病気によって、私の傷ついた心は救われたのだった。

病状が進んで、私の顔が分からなくなるまでは、こうやって家で彼女の面倒を見ていようと、心の中で誓った。不思議なことに、私は、そのことに生き甲斐すら感じるようになっていた。

ところが、雪江が私のことを誰だか分からなくなる、という単純な現実に直面する前に、もっと残酷な現実が私を待ちうけていた。

休日のある日のことだった。おかゆを作って、妻の前に置くと、彼女は私のことを「忠さん」と言って、にっこり微笑んだのだった。ただの笑顔ではない。唇に艶《つや》があり、目が潤んでいて、なんとも表現しがたい性欲をそそる色っぽい微笑なのだ。

鍵山忠の存在を知ったのは、それが最初だった。

私に向けたことのないその愛情に満ちた笑顔は、「ラ・メール」で働いていた時の妻のあの笑顔と同一のものだった。

それからというもの、雪江は、私のことを時々、鍵山忠と間違えるようになった。その時の彼女の態度はまるで恋人に接するような浮ついた色っぽさがあるのだが、私が鍵山でないことを知ったとたんに、開いていた心をパタンと閉じて、冷たい表情に一変するのだ。

その豹変《ひょうへん》ぶりに、私は心臓をえぐられるほどの痛みを感じた。

雪江が私にほほえみかける笑顔が美しければ美しいほど、私の中で、鍵山に対する憎悪の念が増していった。

私は顔も知らないその男と雪江の情事の妄想に悩まされるようになった。そして、嫉妬の念と、そこから際限なく生み出される憎しみばかりが心を占めるようになった。

鍵山のことを考えると夜も眠れないほどの怒りに襲われ、不眠症が続き、片頭痛に悩まされた。職場では、頭の芯がぼーっとして仕事に集中できない。また、爆発寸前の怒りに突然駆り立てられ、上司や部下とのトラブルが絶えなくなった。元来が緩和な私の豹変ぶりに周囲も驚いているようだった。

ついに、私は鍵山の正体を突き止めずにはいられなくなった。突き止めていったい自分が何をしようとしていたのか、そんなことを頭で整理する間もなく、とにかく、そいつを探さずにはいられなくなったのだ。

（殺してやりたい！）そう心の中で何百回と繰り返していたから、恐らく、殺してしまうつもりだったのだろう。

雪江がその男と出会った場所は「ラ・メール」に違いない。私は、二度と行きたくないと思っていた烏丸丸太町のあの店へもう一度足を運ぶことにした。

店の前まで行くと、準備中の札がぶら下がっていた。私は、扉を押し開けて、中に入った。

「すみません、まだ準備中なんですけど」

女がカウンターの向こうから言った。海月早苗だ。

「海月さん、私、雪江の夫の……」

自己紹介すると、早苗は「まあ」と驚き、急に顔を曇らせた。早苗は私にカウンター席に座るように勧めた。私は雪江が今どんな状態にあるのかを簡単に説明した。

「そうですか、顔が分からなくなるんですか……一度遊びに行こうと思いながら、そのままになってしもてて、でも顔が分からへんのやったら、行っても寂しいだけですねぇ」

「そうですね。本人も人に会うのは辛いかもしれません」

「ご主人の顔も分からへんようになるなんて……」

早苗はいかにも痛ましそうな顔をした。

「鍵山忠、という人と間違えるんです、時々」

鍵山と発音したとき、私の声は動揺で震えて、相手に聞き取れなかったかと思った。しかし、早苗は、ちゃんと聞き取ったようだった。

「鍵山さん……」

そう繰り返してから、早苗は、青ざめ、黙り込んでしまった。やはり、鍵山を知っているのだ。

「お話ししてもらえませんか？　鍵山という人のことを」

「鍵山さんは、この店の常連さんでした」

「雪江とは？」

「さあ、来られた時は、サービスする側とお客さんという立場でしたから、普通の感じでしたけど」

早苗の声は、微かに震えている。

「でも、二人はそれ以上の仲やったんですね」

「いえ、そんなことは」一呼吸してから「ないと思います」と言った。

「到底信じられませんね。私と鍵山を間違えた時の彼女というたら……」

まるで恋人みたい、という言葉がどうしても出てこなくて、私は今にも壊れそうな自分の理性を必死で立て直すと「分かりますよね」とだけ付け足した。重苦しい沈黙が続いた。

「鍵山のことが知りたいのです、どうしても。お願いします」

私は涙をにじませながら、カウンターに両手をついて頼んだ。早苗はぽつりぽつりと話し始めた。

鍵山忠がラ・メールへ来はじめたのは、店をオープンしてすぐのことだった。年齢は二十代半ば、烏丸御池に事務所を持っているデザイナーだった。

学生時代にパリに一年ほど留学した経験のある彼は、フランス料理が懐かしいと言って、時々やってくるようになった。鍵山は、カウンター席に座ると、雪江とよく話していたという。私はあの時の雪江の笑顔を思い出して、それ以上聞くのが怖くなり、耳をふさぎそうになったがなんとか思いとどまった。早苗は、そんな私の気持ちをよそに、淡々と話し続けた。

年齢は十歳近く離れていたが、鍵山は、明らかに雪江に惹《ひ》かれているようだったし、雪江の方でもまんざらではなさそうだった。

それから雪江は時々、店に来る曜日でない日なのに、店で働いていることにしてくれと頼むようになった。その時、雪江は、以前働いていた会社の友達と飲みに行くのだが、夫がそういうことは許してくれないから、と言っていたが、早苗は彼女が鍵山と会っているのだと薄々気づいていたという。

「じゃあ、二人は、雪江がここをやめるまでつきあってたんですか？　十五年以上もの間」

私は怒りと悲しみで目に涙をためながら必死でたずねた。

「いいえ、それが、鍵山さん、交通事故で亡くならはったんです。もう三年も前のことです」

「死んだ？　そんな、そんなことって」

鍵山忠はすでに死んでいる、というのか。一瞬にして、全身の力が抜けた。ここ一年ほどため込んでいた憎悪の対象が、突然消えてしまい、内に込めた怒りの感情をどこにぶつけていいのか分からなくなった。刀を振り回して斬りつけても斬りつけても、相手は幽霊のように消えてしまう。そんな無念な妄想が私の頭をよぎった。

私は目を覚まそうと頭を振った。

「なんでも、実家に帰る途中、高速道路を走っていて衝突事故を起こさはったそうです。それ以来、雪江さんは変わってしまわはりました。人生のすべての明かりが消えてしまったみたいに、それはそれは暗い人になってしもて。あっ、ごめんなさい、こんな言い方、ご主人の前で……」

「いや、いいんです。想像はつきますから」

そう言いながら、心の中で、煮え湯を飲まされる苦しみに耐えた。鍵山が死んでから、雪江は「ラ・メール」でも、暗い女になってしまったのか。家での雪江は、毎日が葬式みたいに暗い女だった。それは、鍵山が死ぬ前からだ。彼女は私の前では、ただただ暗い女であり続けたし、今もそうだった。

「それからなんです、彼女、なんかへんになってしもて……ですから、それが原因かな、なんて主人と話していたことがあるんですけれど」

唐突に早苗は言った。原因？　私は早苗が言わんとすることが理解できなかった。

「それで、彼女、あんな病気になってしもたんかと」

「認知症のことですか？」

「ええ。喪失感とかショックとかで」

「いえ、認知症との因果関係はないと思います」

「そういったものが引き金になることはないんですか」

「はっきりとしたことは分かりませんが、多分、ないと思います」

私は、最後に、鍵山がどんな男だったのかを恐る恐るたずねた。

デザイナーという職業のわりには、いつもジーパンにTシャツというラフな恰好で、見た目は中肉中背、これといった特徴はないが、日本各地を旅行するのが趣味で、面白おかしく旅の失敗談なんかをして聞かせるのが上手だった。雪江は彼の冗談によく笑っていた。実年齢より少し老けて見えたので、十歳近く上の雪江と恋人同士といっても、さほど違和感はなかった。それから、車が好きで、フェアレディZに乗っていて、雪江は、彼に時々ドライブへ連れて行ってもらっていたようだという。それ以外の特徴と言えば、軽い土佐訛《なま》りがあったこと。

それだけで十分《じゅうぶん》だった。鍵山という男を全部イメージすることは無理だが、自分より若くて、面白い話ができ、妻をドライブへ連れて行ってやることができた。自分が持っていないものを持ち、雪江にしてやれないことをしてやれる男だった、ということだ。私は男としてのプライドを傷つけられ、息絶え絶えの状態で、帰宅した。

雪江は、相変わらず、私と鍵山を時々間違えた。華やかな笑顔と氷のように冷たい視線、私は、この二つを交互に味わう地獄を経験させられた。

その地獄に耐えているうちに、少しでも苦しみを緩和しようとした結果、私は、鍵山に見せる彼女の色艶のある笑顔に惑わされるようになった。それがあたかも真実であるかのように。無意識のうちにそのように錯覚することを望んでいたからかもしれない。

まるで麻薬で破滅していく中毒者のように、錯覚の毒が与える夢の虜《とりこ》に私はなっていった。分かっていても、自分を止めることができなくなった。

私は、自分がどういう態度を取ったら、妻は鍵山と間違えるのかを研究した。軽い土佐訛りで話すと、十中八九、妻は私を鍵山と思いこんだ。私の腕にしがみつき甘える雪江の態度は、私の中で二つの感情を生まれさせた。一つは、雪江の色気に完全に敗北し、至福の酔いに身を任せる感情。もう一つは、それと同時に生まれる爆発的な嫉妬の念だった。

その二つは私の中で激しくぶつかり合い、私の内面は少しずつ引き裂かれてボロボロになっていった。しまいには、自分はこのまま気が狂ってしまうのではないか、とあまりの恐ろしさに、一人震えることさえあった。しかし、狂ってしまってもいいから、自分に至福の酔いが常に回っている状態になることの方を、私は望んだ。

私はジーパンにTシャツ、土佐訛りで旅の話をする男を演じた。すると妻は私に抱きつき、接吻《せっぷん》するようになった。私は、もう現実を見ることはできなかった。偽物でもいいから彼女との恋に酔い続けたかった。接吻し、私たちはそのまま寝室に行くのだが、そこから先へはどうしても進まなかった。

寝室に入ったとたんに妻は現実に戻り、私は鍵山でなくなるのだ。魔法が解けてつまらない現実に戻った、そんな顔で私に一瞥を送り、おぞましいものでも見るように、ベッドを睨んでから、私を振りきって逃げるように足早で出て行くのだ。寝室に残された私は、麻薬の切れた中毒患者のような苦しみを味わった。そう、私にとって、現実はただひたすら残酷なだけだった。

ある時から、雪江は、淡路島《あわじしま》へ行きたいと催促するようになった。

「淡路島のあのホテルへもういっぺん行きたいわあ。海を見ながら美味しい魚料理を食べたでしょう。覚えてる？　もう一度あそこへ連れてってえな」

私は旅行があまり好きではない。今、思い返せば、妻と旅行へ行ったのは、新婚旅行で北海道だけだった。一緒に旅行へ行こうとせがまれたこともなかった。

「今度の水曜日、主人が出張なんよ。滅多にないチャンスやから、また、連れてってな」

雪江は私の腕に手を回すと、もたれかかってきてねだった。

新たな残酷な事実だった。二人は、私が出張なのをいいことに、泊まりがけでデートを重ねていたのだ。苦手な出張で、私が、得意先に気を遣いながら仕事して、安いビジネスホテルでわびしい夕飯を食べている時、二人は淡路島で海を見ながら優雅に魚料理に舌《した》鼓《つづみ》を打っていたというのか。その想像にまたもや、腹の底からむらむらと怒りがこみ上げてきた。だが、雪江のとろけるような笑顔を見ると、彼女を怒る気になれなかった。代わりに鍵山という男の霊を心の中でズタズタに切り裂いていた。

こんなに憎んでいる男なのに、その存在に寄りかかって、私は、雪江との愛欲を満たそうとしている。なんと惨めで情けないのだ。だが、理性でその衝動を抑えることはできなかった。

何度試しても、家の寝室で、妻を抱くことはできなかった。

淡路島のホテルへ行けば、もしかしたら、雪江は、私を鍵山と間違い続け、肉体を許すのではないか。私はそんな狂人めいた考えに支配されるようになった。

自分の考えていることがいかに卑劣で狂っているか、頭では分かっていたが、肉体が言うことを聞かなかった。彼女を抱きたいという動物的な欲望が、私の中にわずかに残っていた理性を完全に潰《つぶ》してしまった。

ホテルの名前がどうしても分からないので、鍵山になりすました私は、その淡路島のホテルというのがどんなホテルなのかを探った。

雪江の話から、そのホテルは、明石海峡大橋を渡ってすぐの豊島《としま》港付近にある、室内から海を一望できる、淡路特産の取れたての海の幸が食べられることを売りにしたホテルだと判明した。

私は、雪江とそのホテルで一泊する計画を立てた。鍵山の乗っていたという、フェアレディZをレンタカー屋で借りることにした。

当日、雪江は朝から上機嫌だった。鍵山になりすました私は、フェアレディZの助手席に彼女を乗せると、京都南インターチェンジから高速道路に乗り、明石へ向かった。車に乗っている間、雪江は、ずっと私のことを鍵山だと思いこみ続けた。明石海峡大橋を渡り、いよいよホテルに着いてからもそうだった。

私たちは、海に沈む夕日を見ながら、アワビ、鯛、伊勢エビの盛りつけられた豪華な会席料理を食べた。

「ここの魚は新鮮やわ。『ラ・メール』で食べるのとは全然違うとる。あっちのはフランス料理やから、それで、ええんかもしれへんけど」

雪江は鯛の刺身を美味しそうに口に運びながら言った。

「フランス料理ですか。なんややややこしいソースを魚にかけますやろう。あんなんしたら、魚の味がだいなしですやん」

ホテルの給仕の女性が口を挟んできた。このホテルで出す魚にそうとう自信を持っているようだ。

「でも、美味しいソースのおかげで、魚の鮮度は気にならへんですから」

雪江の受け答えはまったくまともだった。こうやって話しているのを見たら、誰も彼女が認知症だとは気づかないだろう。淡路島へ行くことになってから、雪江は、機嫌が良く、私を鍵山と間違える以外、短い時間だったら殆ど普通に会話ができるのだ。

食事が終わって部屋へ行った。雪江は、幸せそうに私の腕にしがみついている。

「なあ、忠さん、私、あんたのためにクッキーを作ってきたんよ。あんたが好きや、言うて褒めてくれたから、作るのが楽しいて楽しいて、このごろ作りすぎてばっかしや。近所の人にまで配るようになってしもたんよ」

あのクッキーは鍵山のために作っていたのか。一瞬、私の気持ちは曇ったが、それでも、今から彼女を抱くことができる、そのことで気分をなんとか持ち直した。

部屋の見晴らしは最高だった。殆ど太陽は沈んでしまったが、夜の海は、底に魔界のすみかを隠し持っているかのように、怪しげな魅力にきらめいていた。その時、私は、自分が海底の悪魔に魂を支配されていたのだ。

化粧を直してくると言って、雪江は洗面所へ消えた。私は部屋の電気を消した。戻ってきた雪江を抱きしめると、接吻した。彼女は、自分から服を脱ぎ始め、全裸になった。雪江の裸を見るのは、久しぶりだった。私は自分も裸になり、彼女の体にそっと触れてみた。雪江の肌はなめらかで、まだ女として十分に魅力があった。私の手のひらの下で、ぴくっと彼女の体は反応した。しばらく胸を愛撫してから、ベッドに倒れ込んだ。彼女の秘めた場所へ手を伸ばすと、そこは私を受け入れるために十分濡れていた。

私は自分の硬くなったものを彼女の中に挿入した。それだけで、軽いうめき声を彼女はもらした。今までに聞いたことのないような、か細いまるで少女みたいな可愛い声だった。

私は快感の波に飲み込まれて、彼女の中で、脈動する自分のものが、欲望の頂点に向かってただひたすら突進していくのを感じた。彼女は体をうねらせ、まるで獣のような叫び声をあげた。

最高の快楽が訪れ、私は彼女の中に射精して果てた。彼女の体から離れ、仰向けになると、今まで突き動かされてきた欲望から突然解放され、私は冷静になった。理性を取り戻してみると、自分の狂態が、たまらなく恥ずかしく惨めだった。

私はこんなことをしてまで、この女を欲していたのか。汚辱にまみれた自分の汚らわしい欲望にただただ嫌悪感がこみ上げてきた。

私の気持ちに何も気づいていない雪江は、私の肩に腕を回し、髪をくしでとかすように、指先でいじくり、裸の胸に頬をあててきた。

「まだ、夜は長いんやから、お互い、愛しあって、そしていっそのこと、このまま私、昇天してしまいたい。あなたに殺されるほど愛されたら、なんぼのこと、私、本望やろうか」

その言葉に、私の雪江に対するどす黒い憎しみが爆発した。

気分を静めようと、トイレに入った。そこで顔を洗ってから鏡に映った自分を見た。なんて薄汚い顔なのだ。

トイレから出て、雪江の方を見ると彼女は快楽の余韻に酔いしれた少女のような顔をしていた。

私は自分の欲望を満たして、こんな惨めな思いをしているのに、おまえは、そんなに鍵山がいいのか。おまえも、目を覚まして、好きでもない男と燃えた自分の現実に直面し、恥の泥の中に溺れてしまえばいい。

「そんなにあいつがええのか！」

私はそう言うなり雪江の上に馬乗りになり、こめかみを殴った。

それから、彼女の首をつかんで、絞め続けた。もがき苦しむ彼女を目前にしても、憎悪の念は消えなかった。

雪江は、私の手をふりほどこうと、必死でもがいていたが、力尽きて抵抗が弱まった。

「あ、あんたは」

最後の力を振り絞って雪江は言った。やっと私に気づいたようだった。それでも、私は雪江の首を絞め続けた。

「この淫売、裏切り女め！　おまえの望む通りに、殺してやったら、おまえは成仏するんか！」

――そうだ、おまえを今抱いたのは私だ。どうだ、やっと分かったか！　私の苦しみの何分の一かでも、おまえは味わっているか、今、この瞬間。死にゆく瞬間に！

「忠さんはどこへ？」

「あいつは死んだ」

雪江が抵抗するのをやめたので、締め付ける力を緩めると、その隙に、自分の手から逃れて、彼女は、トイレに駆けていき、扉を開けた。彼女はトイレの中に鍵山がいないことを確認して驚愕している。

私は、雪江を再びベッドに引きずり戻し、今度は手加減しないで、首を絞め続けた。

雪江の体はぐったりと動かなくなった。心臓に耳を当ててみる。鼓動は聞こえてこなかった。

私はしばらく、ぜいぜいと息を吐いていたが、ベッドから立ち上がって、窓から見える海を見た。黒い塩水の底から現われた、魔物が波に揺れながら帰っていく姿が見えた。

私は解放された。ついに、この女から解放された。自由になったのだ。

さて、これから、どうしたものだ。今すぐに警察に自首するべきだろうか。そんなことを考えながら、雪江のハンドバッグを開けてみた。中には、手ぬぐい、化粧品類、くしなどいろいろ雑多なものが乱雑に詰め込まれていた。

底の方から、彼女の作ったクッキーが四枚、ビニール袋に入ったものが出てきた。鍵山のために作ったクッキーだ。

いびつな形をしているが、なんとか焦がさずに作れたらしい。雪江はこれをいったいいつ作ったのだろう。私が帰ってくるまで、電気のブレーカーは切ってあるので、恐らく、帰ってきてからだろう。夜中にこっそり作ったのだろうか。

ゴミ箱に捨てようとしたが、思いとどまり、一口食べてみた。甘みもなければバター風味もない。ただ、メリケン粉と水を練って、オーブンで焼いただけだ。一生懸命焼いたのだろう。大好きなクッキーもまともに焼けなくなってしまった哀れな女。死んだ恋人との夢にだけに生き、そして夫に殺されてしまった、可哀想な私の妻。

鍵山が交通事故などで亡くならずに今でも生きていたら、認知症になったおまえのことを面倒見てくれたのか？　こんなおまえなどあっさり捨てていたのではないか。冷たい仕打ちを受ければ、おまえだって、私のことを鍵山と間違えて浮かれた恋心を蘇らせることもなかったはずだ。私に殺されることもなく、死ぬまで渋々連れ添ってくれていたのに。

私は、味のないクッキーを食べながらなぜか泣けてきた。夫婦で連れ添って二十六年、私の人生は、まるでこの味のないクッキーみたいだ。これに合成甘味料と香料で味付けした偽物を食べさせられ続けてきたのだ。私は自分の目からあふれ出てくる涙でしょっぱくなったクッキーをかみしめた。

雪江との空虚な思い出を消化してしまおうと、四枚のクッキーを黙々と私は平らげた。冷蔵庫から、缶ビールを取り出して、ゆっくりと飲み干す。

もう一度、雪江の顔を見る。苦しんで死んだはずなのに、不思議なことに、無念の色は見受けられない。

——もういいかげん、おまえも死にたかったんやないか？　好きでもない男と結婚したんが運の尽きやったな。若い男と、こっそり浮気し、結局、その男にも先に死なれてしもた。哀れな人生や。どうや？　私に殺されて本望そうやないか。

微動だにしない雪江の死に顔は、絞殺に苦しんだにもかかわらず、穏やかで美しかった。私は雪江の横にもう一度仰向けに寝ころんだ。疲れと酔いのせいで睡魔が襲ってきた。時計を見る。午後八時過ぎだった。こうやって、雪江の横でしばらく寝てから、警察に連絡しよう。明日の朝でも、遅くはない。

夢一つ見ない深い眠りだった。

突然、私を起こしたのは、電話のベルだった。布団をはぎ取り上体を起こした私は、自分が今、いったいどこにいるのか分からなかった。

隣を見ると、雪江がいた。死んでいる。

私は、慌てて、ホテルの部屋の電話機の方へ行った。体がふらふらして地に足が着いている気がしない。

「はい、もしもし」

「チェックアウトのお時間を過ぎていますけれども」

慌てて、時計を確認する。午前十一時五分だった。私はいったい何時間寝ていたのだ。

雪江との生き地獄のような生活から解放されたせいだろう。皮肉なものだ。長年蓄積された緊張の糸が切れて、やっと私は本当の眠りにつくことができたのだ。それにしても、こんなに長い時間ぶっ続けで寝るなど今まで経験したことがなかった。頭がくらくらしたが、なんとか私は言葉を発した。

「私は妻を殺しました」

「はっ？」

「警察に連絡してください。私は妻を殺したのです」

私は何度も繰り返し同じことを言った。

＊

私の話を聞き終わると刑事は、うんざりした顔でため息をついた。

「つまり、あなたは、鍵山になりすまし、奥さんを抱いた。そして、奥さんの不貞に嫉妬に狂って殺してしまった、というのですか」

「そうです」

「そんな馬鹿馬鹿しい話、誰が信じると思います？」

しばらく刑事とにらみ合いが続いた。

「でも、それが事実なんです」

「あなたは、認知症の妻の介護に疲れはてて、善悪の判断がつかなくなってしまった。それで殺した。実のところそういうことなんでしょう？」

刑事は説得するような口ぶりで言った。警察側としては、その方が真実味があるのかもしれない。

「いいえ。違います」

「そんな与太話より、介護疲れで殺した、と正直に言ったほうが身のためですよ。世間の同情が得られて、刑だって軽くなるでしょう。さあ、本当のことを言いましょう」

「別に私は刑を軽くしたいとは思っていません」

「あなたも頑固ですね。そんな話、供述書にどうまとめろっていうんだ。精神を病んだ末の妄想と取られるだけですよ」

妄想。妻と生きた私の人生の大半は妄想だったのだ。

そうしてよく考えてみると、嫉妬であろうが、介護疲れであろうが、どちらでもいいような気がしてきた。妻を殺したことには変わりないのだ。

どうせ目の前の刑事は、私の本当の苦しみなど何一つ理解する気はないのだろう。

私は、そんな投げやりな気持ちになり、刑事に誘導されて、作り話をすることにした。妻の介護に疲れて、最後の思い出に、淡路島に一緒に行き、彼女の好物の海鮮料理を食べ、愛し合った。そして、このまま病状が悪化していく妻があまりに不憫《ふびん》に思えたので、首を絞めて殺害した、という虚構の物語が、刑事の手によって作成されていった。

このことがテレビで報道されれば、世間は私のことを同情し、涙するのだろうか。それとも愚かな男だと……いや、そんなことを考えて何になる。私は雪江を失った。そして同時に彼女から解放された。それだけが私にとっての事実だ。

エピローグ

雪江は断末魔の中で思い出していた。あの時、鍵山と愛し合い、殺して欲しいと頼んだら、彼に言われたことを。

――かんべんしてくれ。もう、分かってくれていると思った。

もちろん、分かっている。最後にもう一度確認したかっただけだ。

雪江はにっこり微笑んで、幸せになってね、と応じて、彼の胸に頬を押しつけた。鍵山は、つい先ごろ、実家の高知へ帰って見合いをしてきたのだ。相手は彼より十歳年下の女だった。雪江とだったら二十歳も違うことになる。雪江は鍵山と永遠の愛を誓っていた。だから、いつかは結婚できると信じていたのだ。十歳も年上の彼女の方からは言いにくかったので、彼の方から申し込んでくれると思って待っていたのだ。

だが、彼の言い訳はこうだった。

——お袋がもう年で、孫の顔みたいって、だから……。

鍵山はなんともばつの悪そうな顔をして、黙り込んだ。

ああ、そういうことなのか。雪江はもう年だし、子供は産めない。元々産めない体だったのかもしれない。だから、彼は自分とは結婚できないというのだ。若い人と結婚して幸せな家庭を築くのがいいだろう。その方が彼にとって何倍幸せなことか、と雪江は冷静に判断した。

だから、気丈に言ってのけたのだ。

——そうやね。私らがこうやって関係を続けてても、ただお互いに老いていくだけやもんね。新しい生命が生まれたら、人生は一変する。あんたの幸せを妨害する権利、私にはあらへんし。

にっこり微笑むこともできた。

だが、それを聞いた彼の顔に安堵の表情がにじみ出たとたんに、雪江は悔しさのあまり泣きそうになった。鍵山は他の女と幸せになる。なのに、雪江は、一人取り残される。一人だったらまだしも、夫との退屈な日々だけしかない。いや、退屈なだけだったらまだ我慢できる。顔を見ただけで、寒気がするほど、雪江は夫が嫌いだった。だから、見合いした時に一度断ったのに、年齢のこともあり、両親から説得されたのだ。熱心にラブレターを送ってくれる夫の熱意に両親はすっかり感動し、こんなに思ってくれる人を断るのはわがままだ、選り好みして一生独身でいるつもりか、と父に毎日のように罵《のの》られ、ついに雪江は結婚を承諾した。一緒に暮らすと、雪江は夫のことがますます嫌いになった。

何をどこをと言われると言葉で説明するのは難しい。容姿から体の動き、声の質、何から何まで好きになれなかった。理屈ではなく、生理的なものなのだから、努力して好きになれるものではない。

それでも、結婚してしばらくは子作りに励んだ。子供さえできれば、生き甲斐が見いだせると思った。ところが、それも無理だと分かったとき、ただ、好きでもない人間と一緒に暮らしている自分に幻滅した。夫に幻滅したのではない。最初から好きではない相手なのだから一緒に暮らして、評価が下がることもなかった。底だったものがそれ以上落ちることはない。雪江は、自分の人生そのものに幻滅したのだ。これほど不幸なことがあるだろうか。

外で働くようになり、鍵山が現われてから、雪江は生まれ変わったように幸せになった。人生がこんなに楽しいものだということを生まれて初めて知ったのだ。

それなのに、雪江はまた一人残される。夫と二人っきりの惨めな人生の中に。

最後に淡路島のホテルで一緒に過ごして欲しいと鍵山に頼んだ。そこで、一夜を過ごしてくれたら別れるから、と約束したのだ。

その時、雪江は、いっそ、鍵山に殺されたかったのだ。愛し合った後、殺しで欲しいと頼んだ。だが、彼は、自分を殺してはくれなかった。彼には、先に幸せが待っているのだから、当然だ。雪江のために殺人犯になるのなど、まっぴらゴメンだったのだろう。

翌朝、雪江は京都へ、鍵山は高知の実家へ帰ることになった。雪江は別れる際に、手作りのクッキーを渡した。彼の大好物だ。これで、最後。本当に最後。

このクッキーも最後。

きっとあなたも最期。

クッキーの中に練り込んだ睡眠薬の効果が高知へ行く高速道路を走っている最中に効いたのだろう。車線をそれて、反対車線から来た車と、正面衝突し、鍵山はあっけなく死んでしまった。そう、鍵山が自分を殺してくれないのだったら、死ぬのは彼の方だと雪江は最初から決めていたのだ。

夫の手は相変わらず、雪江の首を締め付け続けている。意識が遠のき、ついに闇が迫る。

——忠さん、私ももうじきあんたのところへ行くさかいにね。この男から解放されて、ついに私たち、添い遂げることができるんえ。なあ、嬉しい？

単行本あとがき

今回、原書房からこの短編集を刊行させていただくにあたって、担当の石毛さんと打ち合わせしている際に、「あとがき」を入れてはどうかという話になりました。

初めて出す短編集ですので、作品順に、どのように着想を得たのかを書かせていただくことにします。

まず、「パリの壁」は、実際にパリに住む友人のアパルトマンの窓からフィリップ・オーギュストの城壁が間近に見えるので、それを使って何か書けないか、と試行錯誤した結果生まれた作品です。その後、この短編を読んだ京都に住むフランス人の友人がLorant Deutsch著の「メトロノーム、パリの地下鉄のリズムで見たフランスの歴史」という本を貸してくれました。その中にフィリップ・オーギュストの城壁のことも載っていて、作品舞台の住所、トゥーアン通り4番地も記載されていました。事実に基づいた話なので、当然といえば当然ですが、ちゃんと番地までその本に載っていたことが新鮮な驚きでした。

資料に基づいてではなく、実際に目にしたものに基づいて書いた話を、偶然友人が持っていた本が裏付けてくれた、という珍しいケースです。

「決して忘れられない夜」は、ミステリマガジンで村上貴史さんにインタビューを受けた際、編集長のKさんから「猫はミステリの最良の友」という特集をやるので、猫をテーマにした短編を、という提案がありました。猫探偵はどうか、という話も浮上しましたが、それには赤川次郎さんという先駆者がいらっしゃるので、別の設定を考えることにしました。掲載誌には、アンチ猫好きに捧げる、というキャッチフレーズで紹介してもらいましたが、実は私は無類の猫好きです。この話はあくまでも虚構として読者に楽しんで（？）いただければと思っていますので、誤解のないように、この場を借りて猫好きを明言させていただきます。

「愚かな決断」は小説すばるの担当Iさんと打ち合わせして、以前に書いた短編「生命の電話」が電話のシーンから始まるので、今回もいきなり電話が鳴るシーンからはじめてみたら面白いかもしれないということになり、そこから話をスタートさせました。

「父親はだれ？」は原書房の不可能犯罪コレクションに収録した作品です。冒頭のシーンはたまたまその時弟がやっていた実験の内容を聞きかじったばかりだったので、それに本格ミステリを絡めてストーリーを作ることにしました。不可能犯罪というより物語に重きを置いたミステリです。

「生命の電話」は、文芸誌（小説すばる）に初めて掲載した短編です。これを書いたおかげで、五十枚という短い枚数で、一つの話を完結させる感覚をつかむことができるようになりました。この話は、私が勤めていた会社の番号がたまたま昔の「命の電話」の番号と一緒だったため、古いタウンページを見た人から時々かかってくることがあったので、その設定を使ったら面白い話になるのではないだろうか、とこれまた実際にあった出来事から着想を得て組み立てたストーリーです。

「味なしクッキー」は書き下ろしです。マルセル・エイメの「第二の顔」と安部公房の「他人の顔」がふと頭をよぎり、そこから話を思いつきました。といっても、本格ミステリと情念を絡めたものですので、その二つの作品から得たインスピレーションの痕跡が残っているかどうかは定かではありません。

どの話もラストの着地が非常にブラックですので、本を閉じたとき、読後に一服毒を盛られた快楽の余韻に浸っていただければ、作家冥利に尽きます。

２０１１年10月

岸田るり子

解説

大矢博子

味なし？　とんでもない、とびきりビタージャないか！

——と、本をつかんだまま仰反《のけぞ》ったことを思い出した。二〇一一年秋、本書の単行本が刊行されたときのことである。それから十年。やっと文庫としてこの短編集をお届けできる運びとなった。

本書『味なしクッキー』は六編からなる著者初の短編集である。著者の個性とさまざまなテクニックが詰まっているので、岸田《きしだ》るり子入門書としてもうってつけだ。ということで、一編ずつ見ていこう。

「パリの壁」

ある取引のためパリにきた主人公と、その相手となる男性の物語。主人公は男性に「あなたは犯罪者です」と告げるものの、何をしたのか、彼女の狙いは何なのかはぼかされたまま話が進むのがポイント。ふたりの会話が進むにつれ、まるで薄皮を一枚ずつ剝《は》がして次第に真実が透けて見え始める過程がサプライズとスリルに満ちている。しかもその推移《すいい》の中に幾度もの逆転が仕込まれているのだからたまらない。

ふたりが男のアパルトマンで顔を合わせて以降は、舞台の変化もなく、動きもなく、ただ会話だけで話が進む。舞台を見ているかのようだ。その緊迫感を存分に味わっていただきたい。

舞台の変化はないと書いたが、このアパルトマンがフィリップ二世の時代に築かれた城壁の側にあるというのがポイント。作中、「当時、ここはパリの外だったのです。あの壁の向こう側がパリ」「こんな中心街がパリの外だなんて」という会話があることに注目されたい。何気ない会話のようだが、かつては外にあったものが今では内になっているという状況は、そのままこの短編のメタファになっているように思うのだが、どうだろう。

「決して忘れられない夜」

別れたはずの元恋人にまとわりつかれて困っている男性美容師が主人公。自宅に帰ると元カノが勝手に部屋に入り込み、いそいそと夕食を作っている。ストーカーのようなその行為をなじる主人公に、元カノはこれが最後だから食事を食べてほしいと告げ……。

おそらく読者は彼女の目的を、なんとなく予想しながら読むのではないだろうか。だが岸田るり子はそんなに甘くない。読者の予想の斜め上をいく、しかもその衝撃度は予想の比ではない結末が用意されている。〈その場面〉では一瞬、息が止まった。冷静になって考えると、当初予想していた（そして多くの読者も予想するであろう）結末の方が、本書の結末よりも残酷度では上のはずなのだ。それなのに、この結末の方がショッキングに感じてしまう。なんとも不思議なものである。

また、結末の衝撃もさることながら、主人公にどれほど拒絶されてもまったく堪《こた》えていないかのような、元カノの無邪気さもじわじわと恐ろしい。

「愚かな決断」

人を殺し、その場を立ち去ろうとしたところにかかってきた電話。間違い電話だと答えて一度は切ったが、それが後で思わぬ事態に……。

倒叙《とうじょ》ミステリの定番のような場面で始まる一編。その後、通常の倒叙ものと同様に犯人の策略と警察もしくは探偵の追及の戦いということになるのだが、それだけではないのがこの話の面白いところ。警察は正面から犯人を追及するのではなく、直接は関係ない別の事件の聴取《ちょうしゅ》で犯人のもとを訪れるので、読者は「それがどんな関係が？」という別の興味に引きずられる。犯人はわかっているのに話の行く先が見えないという、搦《から》め手の構成になっているのだ。

謎解きの重要なポイントは、とある証拠と冒頭の間違い電話に関わるある証言だ。証拠の方は「それが伏線《ふくせん》だったのか！」という正統派謎解きの心地《ここち》よいカタルシスを感じられる一方、証言の方はかなり捻《ひね》ってある。こういう技を重《かさ》ねてくるのがなんともニクい。また、この犯人の動機が最後に語られる点にも注目願いたい。読みながら「そんなことをしたら逆効果なのに、なぜ……」と読者が感じるであろうことを逆手にとった手法であり、同時に、それによりこの犯人の歪《いびつ》な人間性が一気に露《あら》わになることに戦慄《せんりつ》した。この手の（真相には触れられないので、こうしたざっくりした表現しかできないのだが）心理描写は、実は岸田るり子の持ち味のひとつだ。

「父親はだれ？」

大学の研究職にある七菜代《ななよ》は、懐妊と同時に高校時代に死んだ友人・龍子《たつこ》の姿を幻視するようになる。当時、龍子の死は投身自殺と判断されたが、もしかしたらあれは殺人だったのではないか——過去を調べ始めた七菜代は、思わぬ容疑者にぶちあたる。

探偵役が関係者をインタビューしてまわり、真相に到達するという構造は正統派の私立探偵小説のようだし、手がかりが組み合わされてひとつの真相に到達する瞬間は謎解きミステリとしてのサプライズたっぷり。だがこの短編の最大の魅力はミスディレクションにある。ただの目眩《めくらま》しというよりも、本編には物語の方向性そのものを誤誘導するようなミスディレクションが仕掛けられているのだ。読み終わったとき、「そっちだったのか！」となることうけあいだ。

妊娠に悩んで自殺したとされる友人の謎を懐妊《かいにん》した主人公が解くという構図に加え、妊婦である主人公が研究室ではマウスの腹を割《さ》いて胎仔《たいじ》を取り出すという描写《びょうしゃ》など、女性と妊娠を巡る物語であるということが幾重《いくえ》にも強調されている点にも注目。

「生命の電話」

電話番号がたまたまかつての〈生命の電話〉と同じだったため、時折悩み相談の間違い電話が来る会社が舞台。社長は間違いであることをわざと知らせず相談事を聞いて喜ぶという悪趣味なことをしていた。ところが、いいかげんな対応をした相手が本当にその後死んでしまい……。

本格ミステリとしての「騙《だま》された快感」は本編がピカイチかもしれない。真相の意外性もさることながら、真相がわかったと同時に浮かび上がる、それまで思いもかけなかった悲しい構図には胸が震《ふる》えた。真相前と後ですべてが反転する構成の見事さ、物理的なトリックと哀切《あいせつ》な心情のコラボ、〈生命の電話〉の間違い電話というフックの面白さ。とても完成度の高い一品だ。

「味なしクッキー」

浮気相手との情事の最中に夫が踏み込んできた、と思ったらどうも様子がおかしい――という奇妙なプロローグを経《へ》て、妻を殺したらしい夫の事情聴取の場面が始まる。動機は浮気現場を目撃したからというのだが、その浮気相手は三年前に死んでいた……。

二重三重の謎が読者を幻惑する、本書の白眉《はくび》たる一編。なぜ凡庸《ぼんよう》な夫が美しく蠱惑的《こわくてき》な妻を殺害するに至ったのかが、順を追って綴《つづ》られる。この男が妻を殺すんだという結末がわかっているだけに、それまでの彼の懊悩《おうのう》や、突如降って湧いた思わぬ事態など、ひとつひとつがとても切ない。加えて、プロローグの意味や最後に待ち構えるサプライズといった「仕掛け」が炸裂《さくれつ》した瞬間の驚きのすさまじさたるや。

この表題作の「味なしクッキー」は、岸田るり子という作家の三つの特性が詰まった見本のような作品と言っていい。女の情念、男の哀れ、トリッキーな本格趣向、である。


他の作品とも並べて見てみよう。まず、女の情念。本書には他にも「パリの壁」のヒロインや「決して忘れられない夜」の城子《しろこ》、「父親はだれ？」の登場人物など、方向性の違う女の情念が登場する。抑え込まれ、けれどそれゆえに深いところでずっと熟成されてきた思いが、歪《ゆが》みをともなって溢《あふ》れ出す。時には恐ろしく、時には悲しく、時には愚かな、その情念の発露《はつろ》。これは岸田ミステリの最大の特徴と言っていい。

次の特徴は、哀れな男の描写だ。本編の主人公は典型例だが、他にも「愚かな決断」の犯人がこれにあたる。女が情念を抑えられないなら、男は「癖《へき》」を抑えられない。いや、これもまた男の情念というべきか。それは所有欲という形をとることもあれば、尽くす側になることもある。フェティシズムとして現れることもある。そうして岸田作品の男たちは癖ゆえに奈落《ならく》へと、半《なか》ばどうしようもなく、半ば望んで堕ちていくのだ。本編や「決して忘れられない夜」は、女の情念と男の哀れが対になっているケースと言える。

三つ目はトリッキーな本格ミステリの趣向だ。それもただの騙しではなく、語りによって少しずつ事態が見えてくる「緩」と一気に事態が逆転する「急」の詰め合わせである。「緩」の典型例が「パリの壁」、「急」が「生命の電話」だが、他の作品もすべてこの合わせ技であることがわかるだろう。これによりサスペンスが倍増する。

この三つが融合《ゆうごう》したものが、岸田るり子作品である。その完成形ともいえる「味なしクッキー」をはじめ、さまざまな趣向の作品が収められたこの短編集は、まさに岸田るり子の粋《すい》が詰まった作品集と言っていい。

もし本書で岸田作品が気に入ったら、ぜひ長編に手を伸ばしていただきたい。二〇〇四年に鮎川哲也賞を受賞したデビュー作『密室の鎮魂歌《レクイエム》』（創元推理文庫）は、密室という道具立てが光る本格ミステリだがそれ以上に女の虚栄心や嫉妬といったものの存在感があった。『出口のない部屋』（角川文庫）では自覚のないエゴの恐ろしさが描かれた。無償の愛の恐ろしさがひたひたと読者に忍び寄る『天使の眠り』（徳間文庫）、青春ミステリと私立探偵小説を併せた『血の色の記憶』（創元推理文庫）、無力な女の変貌とその情念の奔流に押し流されそうになる『めぐり会い』（徳間文庫）、過去の事件を調べるうちに意外な事実が浮かび上がる『Fの悲劇』（同）、フェティシズムの描写が印象深い『白椿はなぜ散った』（同）などなど。

いずれも、人間心理を深く鋭く抉《えぐ》るサスペンスとトリッキーな本格ミステリが鮮《あざ》やかに融合した作品ばかりである。近年は徳間文庫より旧作の新装版文庫が再刊され、手に取りやすくなっている。本書が岸田作品の入り口となることを切に願う。

二〇二一年十月

初出一覧
「パリの壁」（『ミステリーズ！ vol.43 OCTOBER 2010』 東京創元社）
「決して忘れられない夜」（「ハヤカワミステリマガジン」二〇〇九年四月号　早川書房）
「愚かな決断」（「小説すばる」二〇〇九年九月号　集英社）
「父親はだれ？」（『不可能犯罪コレクション』二〇〇九年六月　原書房）
「生命の電話」（「小説すばる」二〇〇七年十月号　集英社）
「味なしクッキー」（『味なしクッキー』二〇一一年十月　原書房）

単行本（原書房刊）二〇一一年十月

この作品はフィクションであり実在の個人・団体などとは一切関係がありません。

徳間文庫

味《あじ》なしクッキー

2021年12月15日 初刷

著者 岸《きし》田《だ》るり子《こ》

発行者 小宮英行

発行所 株式会社徳間書店

東京都品川区上大崎三−一−一
目黒セントラルスクエア 〒141−8202

電話 編集〇三(五四〇三)四三四九
販売〇四九(二九三)五五二一

振替 〇〇一四〇−〇−四四三九二

印刷
製本 大日本印刷株式会社

ISBN978-4-19-894699-9 (乱丁、落丁本はお取りかえいたします)